Levy Hideo
Shinjuku Paradise

japan edition

herausgegeben von Eduard Klopfenstein, Zürich

Dieses Werk erscheint im Rahmen des Projekts zur Veröffentlichung japanischer
Literatur (JLPP), im Auftrag des japanischen Amts für kulturelle Angelegenheiten.
Herausgeber für den deutschen Sprachraum:
Eduard Klopfenstein.

Die Schreibweise der japanischen Namen wurde in ihrer ursprünglichen japanischen Gestalt belassen, also erst der Familienname, dann der persönliche Name.

Levy Hideo

Shinjuku Paradise

Roman

Aus dem Japanischen übersetzt
von Matthias Adler und
mit einem Nachwort versehen
von Eduard Klopfenstein

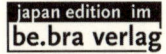

japan edition im
be.bra verlag

 Mehr Informationen im Internet.

Bibliografische Information der Deutschen Bibliothek

Die Deutsche Bibliothek verzeichnet diese Publikation
in der Deutschen Nationalbibliografie; detaillierte bibliografische
Daten sind im Internet über http://dnb.d-nb.de abrufbar.

Japanischer Originaltitel
Seijōki no kikoenai heya
Copyright © Levy Hideo 1992
Erstveröffentlichung in Japan bei Kōdansha, Tōkyō, 1992
Deutsche Übersetzung © Matthias Adler 2012
Verantwortlicher Herausgeber für den deutschen Sprachraum: Eduard Klopfenstein

© 2012, japan edition im be.bra verlag GmbH, KulturBrauerei Haus 2,
Schönhauser Allee 37, 10435 Berlin
post@bebraverlag.de
Lektorat: Marijke Topp, Berlin
Umschlaggestaltung: Hauke Sturm, Berlin
Umschlagmotiv: iStockphoto
Satzbild: Friedrich, Berlin
Schrift: Minion 10,5/13,3 pt
Druck und Bindung: GGP Media GmbH, Pößneck
ISBN 978-3-86124-914-6

www.bebraverlag.de

Editorische Notiz

Der vorliegende, aus drei Erzählungen bestehende Roman erschien in dieser Form erstmals im Februar 1992 im Verlag Kōdansha unter dem Titel *Ein Zimmer, wo das Sternebanner nicht zu hören ist*. Die einzelnen Erzählungen wurden jedoch – wie in Japan durchaus üblich – bereits zuvor in der ebenfalls vom Verlag Kōdansha herausgegebenen und seit Oktober 1946 monatlich erscheinenden Zeitschrift *Gunzō* abgedruckt, die sich vornehmlich um die Entdeckung und Förderung neuer Autoren bemüht.

Erstmals erschienen ist *Ein Zimmer, wo das Sternenbanner nicht zu hören ist* in der März-Ausgabe 1987, *November* in der Oktober-Ausgabe 1989 unter dem Originaltitel *In die Neue Welt* und *Kameraden* in der November-Ausgabe 1991.

Erster Teil

Ein Zimmer, wo das Sternenbanner nicht zu hören ist

1

Am Kai jenseits des Parks wurde es still. Die auf dem rauen Wasser tanzenden Lichter der Lagerhäuser erloschen eines nach dem anderen. Im Schein von vier Flutlichtmasten flatterte das Sternenbanner in der vom Hafen her aufkommenden Abendbrise. Langsam wurde es eingeholt und von schneeweiß behandschuhten Marineinfanteristen gewissenhaft zusammengelegt. Als das Flutlicht ausging, versanken auch alle Fenster der im ersten Stock des Konsulats liegenden Residenz des Konsuls im Dunkel.

Die beiden Säulen, die den Portikus trugen, rahmten das mittlere Fenster ein, von dem aus Ben Isaac den Hafen betrachtet hatte. Nun streifte er sich im Dunkeln seine blaue Jacke über und trat hinaus auf den Treppenabsatz. Er stahl sich die kühle Marmortreppe hinunter und zog im Erdgeschoss am Ende des Flurs mit beiden Händen am Knauf des aus Kupfer und Mahagoni gefertigten Hauptportals. Als er in den Vorgarten hinaustrat, erblickte er das Wachhäuschen mit dem japanischen Posten. Er verließ das Gebäude in Richtung Yokohama und spürte dabei im Rücken den Blick des schweigenden Wachpostens, der wohl deshalb nichts einwenden konnte, weil Ben der Sohn des Konsuls war.

Nachdem sich Ben der in seiner Tasche steckenden 3 000 Yen und des Ausweises mit dem Adlerstempel auf seinem Gesicht vergewissert hatte, überquerte er die

Yamashita-Kōen-Straße und lief auf dem Gehsteig den eisernen Zaun des Yamashita-Parks entlang. Auf dem vertrockneten Rasen im Park waren die Gestalten von Obdachlosen auszumachen, die auf der Suche nach einem Schlafplatz umherstreiften. Mehrfach drang von irgendwo aus der Dunkelheit ein halb fragendes »Hello!« an sein Ohr. Ben Isaac wusste nicht, was er darauf antworten sollte.

Auf der anderen Straßenseite standen in einer Reihe gut zehn Taxen, die auf Fahrgäste warteten. Vor dem Amerikanischen Marine-Club drängelten sich auf dem Gehsteig etliche Marines in schmutzigen weißen Uniformen. Ihre Köpfe mit dem Bürstenhaarschnitt wirkten im Schein der Straßenlaternen gelblich, und wenn man genau hinsah, konnte man sehen, wie eine Flasche Bourbon von einer weißen Hand in eine schwarze wanderte. Die Marines starrten die Autos auf der schwach befahrenen Straße an, als wollten sie sie beschimpfen, wenn ihnen nur die passenden Worte eingefallen wären. Es war eine Szene, wie man sie an den Straßenecken von Yokohama im Spätherbst 1967 oft erleben konnte.

Kaum zwei, drei Jahre trennten den siebzehnjährigen Ben von diesen Marines. Doch im Gegensatz zu ihnen trug Ben seine hellblonden Haare bis zu den hageren Schultern. Er mied den Blick der Matrosen, verschloss seine Ohren vor der tiefen Stimme von James Brown, die aus den geöffneten Türen des Clubs drang, und ging auf der Parkseite weiter. Als er in der Nähe der Hong-kong-Shanghai-Bank ankam, verebbte der Gesang in seiner Muttersprache und es waren auch keine jenseits des Eisenzauns umherstreichenden Gestalten mehr zu sehen. Ben verlangsamte sein Tempo. Er zog aus seiner Jacke eine zerknitterte Wakaba-Zigarette und zündete sie an. Er betrat den Platz vor dem Silk Hotel und schlängelte sich durch die einander kalt kreuzenden Scheinwerferlichter auf die andere Seite.

An der nächsten Ecke erreichte er endlich eine breite Allee. Die Nihon-Ōdōri – wie die Straße hieß – war mehr als doppelt so breit wie die Straße, der er bisher gefolgt war. Ben erinnerte sich daran, von seinem Vater gehört zu haben, dass während der Meiji-Zeit hier die Grenze zwischen der Ausländerenklave und den Siedlungen der Japaner verlaufen sei. Auf dem langen Fußgängerüberweg war niemand, die Lichter der Präfekturverwaltung auf der gegenüberliegenden Straßenseite waren gelöscht. Von Verkehr war keine Spur zu sehen und über der totenstillen Allee breitete sich ein tiefschwarzer Himmel aus, der den weißen Jugendlichen fast aufzusaugen schien.

Ben wechselte auf die andere Seite und ging durch die beiden Reihen von Ginkgobäumen, die direkt neben der Präfekturverwaltung verliefen. Nach und nach entfernte er sich von den Straßenlaternen und verschwand in den Schatten der kahlen, ineinander verschlungenen Äste.

Als Ben an der Bahnstation Sakuragi-chō ankam, waren sowohl die Milchbar als auch der Stand des Schuhputzers geschlossen, nur ein Fahrkartenschalter war geöffnet. Er durchquerte das Bahnhofsgebäude, das schon bessere Zeiten erlebt hatte. Kaum war er in einen

Schnellzug der Tōyoko-Linie eingestiegen, seufzte er erleichtert auf. Um ihn herum befanden sich keine weiteren Fahrgäste.

»In Kürze ...«, ertönte eine heisere Stimme aus dem Lautsprecher. Den anschließenden Worten konnte Ben kaum folgen.

Gleich nach der Abfahrt kam ein sanfter Anstieg und die Vibrationen des Zuges übertrugen sich auf Bens schlaksige Beine. Er setzte sich ans Ende einer freien Sitzbank in dem auf einer Hochbahnstrecke fahrenden, silberfarbenen Waggon und jedes Mal, wenn sich der Zug in eine Kurve legte, betrachtete er durch das Fenster die vielen Lichter der Stadt, die sich einer Sternengalaxie gleich vor ihm ausbreiteten. Ein leichter Schwindel überfiel ihn.

Ben schaute begierig auf die Großstadt. Es war das erste Mal, dass er sich in Ruhe eine japanische Großstadt bei Nacht ansehen konnte. Im Gegensatz zum Tag waren die Konturen der Häuser und Gebäude verschwommen, überall wimmelte es friedlich von chinesischen Schriftzeichen und japanischer Silbenschrift aus Neonlichtern. Von Bahnhof zu Bahnhof gaben sie die Geheimnisse der Großstadt weiter, die ein Jugendlicher aus der Fremde nicht zu verstehen vermochte. »Whiskey« und »Arznei«, »Türkisches Bad« und »Arztpraxis« – Schriftzeichen in einer jeweils passenden Farbe, die abwechselnd Träume und Leid der Großstadt widerspiegelten.

Ben kannte die meisten der Schriftzeichen nicht. Doch selbst wenn er welche gekannt hätte, hätte er ihre

Bedeutung trotzdem nicht verstehen können. Noch war Ben ein Tourist, der kaum ein Schild entziffern konnte. Und wirklich lag deswegen in den Augen der seit dem Bahnhof Yokohama nach und nach zugestiegenen anderen Fahrgäste Mitleid oder Spott, ja manchmal sogar ein Ausdruck des Erstaunens, wenn sie Bens strahlend graublaue Augen bemerkten, die so gerne lesen wollten.

Ben war daran gewöhnt, von den meisten Leuten beobachtet zu werden. Obwohl er als Sohn eines amerikanischen Diplomaten seit seiner frühen Kindheit in den 1950er Jahren alle paar Jahre oder Monate Haus und Land gewechselt hatte – unter anderem ging es nach Hongkong, Phnom Penh und Taipeh –, war er doch als Kind eines Weißen groß geworden, das in Asien lebte.

Das blonde Kind in Asien wuchs unter den Blicken vieler Leute auf. Wenn Ben durch enge Marktgassen lief, riefen die barfüßigen Jungen seines Alters, die bestimmt hinter ihm hergelaufen kamen, bewundernd »Amerika!« oder verächtlich »Weißer Teufel!«. Sein Zuhause war von einer dicken Mauer umgeben, deren Oberseite zum Schutz gegen Einbrecher mit bunten Glasscherben gespickt war. Dorthin zurückgekehrt trugen ihn die zwei hochgewachsenen Wachposten und die drei Dienstboten reihum Huckepack. Morgens bestieg er seine Fahrradriksha, deren Vorhang er zurückgeschlagen hatte, und fuhr – den Blicken der Erwachsenen am Wegesrand ausgesetzt – zur Missionarsschule aus roten Ziegeln, die inmitten der im tropischen Sonnenlicht funkelnden Reisfelder wie eine Festung auf einer schwebenden Insel vor ihm auftauchte. Beim Pfarrer, der gegen Ende der Qing-Dynastie geboren war und sein ganzes Leben in Asien verbracht hatte, lernte er Englisch, amerikanische Geschichte, die Sprache der während ihrer Arbeit missbilligend durchs Fenster hereinstarrenden Bauern und biblische Geschichten aus illustrierten Büchern. Wenn es Nachmittag wurde, ließ der Pfarrer die Schüler ihre Gebete sprechen und anschließend forderte er sie dazu auf, aus dem Fenster zu schauen. Vor dem Horizont führten die Bauern aus dem Nachbardorf ihre Wasserbüffel und bestellten die Felder. Über ihnen türmten sich die Stratuswolken wie eine grandiose, durch eine altertümliche Stadt aus goldenen Zeiten führende Steintreppe. Dort irgendwo, schärfte ihnen der Pfarrer ein, dort irgendwo existiere wirklich »der verheißene Ort, das auf dem Hügel glänzende Jerusalem«, das sie in ihren Illustrationen der Offenbarung anschauen konnten.

Bis zum Alter von zehn Jahren zog Ben im Zuge der Versetzungen seines Vaters von Land zu Land. Aber in welches Land er auch kam, es gab gleich in der Nähe des Hauses einen Markt, wo sich Jungen in zerlumpter Kleidung scharten, und Straßenränder, an denen es von Erwachsenen mit brauner Hautfarbe nur so wimmelte. Alles war gleich: die hochgewachsenen Wächter, die vor dem Haus standen, die Bauern, die ihre Reisfelder bestellten, und auch der schlichte Glaube, der ihm in der Missionarsschule beigebracht wurde.

Ein halbes Jahr vor Ende seiner Grundschulzeit wurde er plötzlich von seiner Mutter mitgenommen und lebte fortan in einem Haus, wo es weder Wächter und Bedienstete noch einen Vater gab. Das Haus seiner Mutter stand in der Nähe des in Washington jenseits des Flusses liegenden Nationalfriedhofs. Es lag an einem Weg, der von den Häuserzeilen der von überall aus dem Süden herbeiströmenden weißen Arbeiterschicht gesäumt war. Wenn man das Haus über die weißgekalkte Veranda betrat, kam man in den kleinen Salon. Die Mitte des Salons wurde von einem Schwarzweißfernseher der Marke Westinghouse dominiert, um den herum seine Mutter die asiatischen Antiquitäten dekoriert hatte, die sie nach der Besitzverteilung zwischen ihr und seinem Vater mitgenommen hatte. Umgeben von Teeschalen aus schneeweißem Porzellan und Buddhafiguren aus Teak sahen sich Ben und seine Mutter *The Lucy Show* und die *CBS News* an. Seine Mutter hatte in Washington Arbeit gefunden und Ben besuchte eine Highschool in Virginia, als sie erfuhren, dass sein Vater in das Konsulat nach Yokohama versetzt worden war. Wenn Ben auf den zur Veranda führenden Stufen saß und darauf wartete, dass seine Mutter von der Arbeit zurückkam, erinnerte er sich manchmal an die nachmittäglichen Tropenwolken, die er von der Missionarsschule aus gesehen hatte, doch Jerusalem konnte er mittlerweile nicht mehr erkennen. In dem Jahr, in dem er die Highschool beenden sollte, war das Asien seiner Kindheit nur mehr zu einem intensiven, vor langer Zeit unterbrochenen Traum geworden.

Nachdem der Zug den zweiten Bahnhof hinter Yokohama verlassen hatte, musterten ihn die anderen Fahrgäste nicht mehr, ihre Neugier hatte sich wohl gelegt. In ihren Gesichtern waren nur noch die Anstrengungen des Tages auszumachen.

Auch Ben lenkte seinen eigenen Blick wieder auf die nächtliche Szenerie vor dem Fenster. Bens Zeit an der Highschool in Amerika war gerade vorbei und so schien ihm jetzt die japanische Großstadt, die vom Fuß der Berge bis hin zum Strand der Bucht über und über von schwachen Lichtern durchwirkt war, wahrhaftig wie ein neuer Kontinent zu sein. Beim Betrachten des Gewirrs der Seitenstraßen, der kleinen Gässchen und Wege der Großstadt hatte er das Gefühl, vor dem Zorn seines Vaters nur fliehen zu können, indem er in sie eintauchte. Immer weiter entfernte sich Ben in dem auf der Hochbahntrasse über den Lichtern dahineilenden Schnellzug von der Hafenstadt, in der die Residenz seines Vaters lag.

Mit ohrenbetäubendem Lärm überquerte der Schnellzug eine Brücke und erreichte Tōkyō.

Es war Sommer und Ben konnte einem Folksong lauschen, der ein Hit gewesen war, als er Amerika verlassen hatte.

Cocaine
Cocaine

Ben befand sich auf einem großen Passagierschiff. Es war zur Abenddämmerung des Tages, an dem das Schiff nach Yokohama auslief.

running round my heart
running round my brain

Am Abend zuvor war er am Kai von Honolulu gewesen. Im Schatten der Lastwagen, die die Beleuchtung der Fracht abschirmten, hatte man Ben zum ersten Mal in seinem Leben dazu gebracht, Drogen zu nehmen, angeblich Haschisch mit etwas Mescalin. Den Song, den er dabei gehört hatte, hörte er auch noch, als er am nächsten Morgen aufwachte. Den ganzen Tag lang wiederholte sich *running round my brain*, und selbst beim Sonnenuntergang wollte der Song ihm nicht aus dem Kopf gehen.

Es war der Sommer 1967. Das Klatschen der sich an der Bordwand brechenden Wellen fügte den Illusionen, die der Song hervorrief, einen eigentümlichen Takt hinzu. Ben hatte sich auf der *President Roosevelt* unterhalb des Schornsteins, auf den ein riesiger amerikanischer Adler gemalt war, hingehockt und beobachtete ganz allein die Abendsonne dabei, wie sie lautlos im Pazifik versank.

Cocaine
ah bittersweet

Ben konnte sich ganz deutlich an die Abendsonne seiner Kindheit erinnern.

Abendsonne an einer Meerenge im Hochsommer. Am Horizont, wo langsam die Sonne versank, ankerten einige Patrouillenboote, die dort wie die winzigen Köpfe von Menschen trieben, die es nicht mehr geschafft hatten, zum Strand zurückzukehren, und nun ziellos weiterschwammen.

Vom Rücksitz des Jeeps schaute Ben auf das Meer hinaus. Das Plätschern der Wellen und das Pfeifen der von der Stacheldrahtabsperrung zerfledderten Strandbrise drangen an sein Ohr.

Auch das Flattern der taiwanesischen Marineflagge, die über der entlang des Strandes errichteten Stacheldrahtabsperrung aufragte, und das Quieken der Schweine aus einem Dorf in der Nähe waren schwach zu vernehmen.

Niemand sagte etwas vor dem leuchtend orangefarbenen Abendhimmel an der taiwanesischen Meerenge.

Die durch die Windschutzscheibe fallenden Sonnenstrahlen blendeten. Ben starrte auf das dünne Haar seines Vaters, der auf dem Fahrersitz saß. Durch den Schweiß schien es noch dünner zu sein.

Der Vater begann in einer Sprache zu flüstern, die Ben nicht verstand. Es handelte sich wohl um einen chinesischen Dialekt. Sein Vater sprach fremdartige Silben mit seltsamer Betonung und legte dabei seinen Arm freundlich um die Schulter der Frau, die auf dem Beifahrersitz saß. Es war eine langsame, sichere Bewegung wie die von einem großen Blatt einer tropischen Pflanze.

Ben kannte diese Frau gut. Sein Vater hatte ihm aufgetragen, sie im Pekinger Dialekt Jiě-Jie, ältere Schwester, zu nennen. Nun drehte sich diese »ältere Schwester« für einen Augenblick zu Ben um, konnte aber nicht erkennen, ob Ben sich von der Sprache, die er nicht verstand, hatte beruhigen lassen.

Ben starrte aus dem Fenster des Jeeps, als hinge sein Leben davon ab. Er richtete seinen Blick von der Stacheldrahtabsperrung hinüber zum Strand und zu den sich kräuselnden Wellen der einsetzenden Ebbe. Schließlich fixierte er den orangefarbenen Horizont so eindringlich, als wollte er seinen Blick nie wieder davon abwenden.

Come here, Mama, come on quick
Cocaine's making your poor boy so sick

Vor der untergehenden Sonne flog ein Aufklärungsflugzeug in Richtung China.

Nachdem das Dröhnen des Flugzeuges verhallt war, wurde es wieder still.

Ben wollte irgendetwas schreien, aber wie laut der Junge auch immer geschrien hätte, diese ungeheure Stille hätte er nicht durchbrechen können. Also schloss er die Augen.

Ben schiffte sich zusammen mit seiner Mutter auf der *President Wilson* ein, die »Rückkehr« in das fremde Amerika fand zum Ende dieses Jahres statt, eine Woche, nachdem Kennedy zum Präsidenten gewählt worden war.

Überrascht von der Luft des frühen Morgens erwachte Ben aus seinem Schlaf. Graue Wände und vergilbte, im fahlen Licht schwach schimmernde Schiebetüren umgaben ihn – wie lange er wohl geschlafen hatte? Das Zim-

mer war viereinhalb Tatami groß. Vor dem vorhanglosen Fenster erschien verschwommen der Wipfel eines
Kakibaumes, der sich an die alte Lehmmauer drückte
und bis in den ersten Stock reichte. Seine Früchte, die
das matte Licht reflektierten, hingen in der Luft.

Irgendwo aus der Ferne, vom ungewissen Horizont
der Großstadt, war das Geräusch der ersten Bahn zu
vernehmen, die die kalte, sich gerade dunkelblau fär-
bende Luft durchschnitt. Ben erschauderte für einen
Augenblick auf seinem fadenscheinigen Futon.

»Andō?«

Gleich neben ihm schlief der Freund, die Beine unter
den kleinen Tisch gestreckt und ohne jede Rücksicht auf
den eigenen Rhythmus von Wachen und Schlafen. In
seinem Gesicht, das so rund und unschuldig wie das
eines jungen Bauern war und doch von der Blässe eines
Großstädters, war kein Anzeichen dafür auszumachen,
dass er Ben gehört hatte.

Als Ben sich im Halbdunkel aufzurichten versuchte,
sah er auf dem Tisch etwas funkeln. Es war eine Flöte.
Die Flöte von Andō, die der nach dem Spielen einfach
dort hingelegt hatte, ohne sie in ihrem Kasten zu ver-
stauen. An der grauen Wand hing auf einem Plastikbü-
gel eine schwarze Studentenuniform, darüber ein weinroter Wimpel der Universität und das wahrscheinlich
aus einer Zeitschrift ausgeschnittene Foto eines Mannes
von kleiner Statur: ein berühmter Schriftsteller, der Lie-
gestütze machte.

Bens Blick blieb an einer schwach schimmernden,
viereckigen Flasche neben der Flöte haften. Man konnte

das Gesicht eines rotbärtigen Weißen auf dem Etikett erkennen und die Buchstabenfolge »Nikka«. Es war ganz so, als hätte sich hier noch jemand eingeschlichen. Betrachtete man die Flasche genau, so trug der angeheiterte Europäer, der in der einen Hand ein Whiskeyglas hielt, einen gekräuselten Stehkragen, der etwa aus dem siebzehnten Jahrhundert stammen musste. Ben kamen die Holländer in den Sinn, die während der Edo-Zeit nach Japan gekommen waren. Von Dejima aus betraten sie das Land, das sich selbst isoliert hatte, und obwohl die Kinder in den Straßen von Nagasaki sie als »Teufel« und »Langnasen« beschimpften, waren sie doch nur dumm dreinblickende Seefahrer, die staunten, ohne zu verstehen. Das Erstaunen darüber, an diesem Ort zu sein, wirklich zu *sein*, war wie ein Rausch … Ben rieb sich die Augen. Neben der Whiskeyflasche lag als zerknitterter Haufen seine Jacke.

Nachdem er letzte Nacht aus dem silberfarbenen, pünktlich unter dem Schild »Shibuya« einfahrenden Schnellzug ausgestiegen war, folgte er etlichen Treppen und Gängen und stieg dann in einen langen, grünen Zug um. Am übernächsten Bahnhof wurde er von einem dort zugestiegenen Betrunkenen, der etwa im Alter seines Vaters war, angepöbelt: »He, du komischer Ausländer!« Daraufhin wechselte er in den nächsten Wagen und an der fünften Station trat er aus dem Zug auf den Bahnsteig, als wäre er wie eine Maus aus dem langen Bauch einer Schlange wieder ausgespien worden. Er blieb als Einziger auf dem Bahnsteig stehen, bis er den kalten Wind und die Blicke der geschäftig ein- und aus-

steigenden Leute, die ihn einen Augenblick lang musterten und sich dann doch von ihm abwandten, nicht mehr
ertragen konnte, und lief in Richtung der Treppe, wo
»Exit« stand.

Als er den Gehsteig der Hauptstraße erreichte, ging
er ohne zu zögern in Richtung eines Viertels, dessen
schmale, hügelige Wege und Gassen dicht mit Studen-
tenunterkünften und hölzernen Mietwohnungen bebaut
waren. Er schritt so kräftig aus, dass er sich über sich
selbst wunderte. Immer, wenn er eine Kreuzung überquerte, wählte er den Gehsteig, der dem Häuschen des
Schutzmannes gegenüberlag, und als er auf diese Art an
zwei Schreinen und drei öffentlichen Bädern vorbeigekommen war, wurde aus der breiten Straße ein bergab
führender Weg. Unten angekommen ging es von dem
Weg in eine Gasse, von der Gasse in ein noch schma-
leres Gässchen, schließlich schlich er in ein hölzernes
Haus mit Mietwohnungen, das noch hinter einem an
der letzten Gasse liegenden Haus stand. Dort klopfte er
leise an die hinterste Tür im ersten Stock.

Er wollte seinem einzigen Freund in Tōkyō in seinem
unbeholfenen, aber eifrigen Japanisch von den »Umständen« berichten, die er nicht einmal auf Englisch
hätte erklären können, stückelte jedoch nur Sprachfet-
zen zusammen, die ihm eben dieser Freund beigebracht
hatte. Letztlich brachte er nur ein gemurmeltes »Ich bin
von Zuhause weg!« hervor.

Als er das runde Gesicht des schweigend zuhörenden
Andō Yoshiharu und seinen Kopf mit dem der allge-
meinen Mode so gar nicht entsprechenden Bürstenhaar-

schnitt ansah, schien es ihm, als ob in diesem Kopf die Bedeutung der von ihm selbst hervorgebrachten Worte langsam geordnet würde. Nachdem ganze drei Sekunden verstrichen waren, lachte Andō plötzlich auf: »Hast du dich mal wieder mit deinem Vater gestritten?«

»Ja, genau«, antwortete Ben, während er bei sich dachte, dass es so etwas Sonderbares wie das Lachen der Japaner in einer solchen Situation auf der Welt wohl nicht noch einmal gebe.

»Nun, wo du es allein hierhin geschafft hast … Na, dann bleib halt über Nacht.«

»Geht das wirklich in Ordnung?«

»Ist schon gut«, sagte Andō, langte zu dem nur aus einem einzigen Brett bestehenden Regal hinauf, das an der Wand über dem Tisch angebracht war, und holte hinter den fünf, sechs beim Pachinko gewonnenen Schachteln Wakaba-Zigaretten sowie den Teeschalen und dem Teekessel, die er zu Studienbeginn im April dieses Jahres aus seiner Heimat in der Präfektur Aichi mitgebracht hatte, zwei Tassen hervor. Nachdem die beiden eine Weile billigen Whiskey getrunken hatten, breitete Andō seinen eigenen Futon für Ben aus, legte sich selbst daneben auf die bloßen Tatami, streckte seine langen Beine unter den Tisch und war bald darauf eingenickt.

Als Andō eingeschlafen war, konnte man das Geräusch des Windes hören, in dem sich der Wipfel des Kakibaumes wiegte. Ben wandte sein Gesicht von dem des friedlich schlummernden Andō ab, über das einmal eine Austauschstudentin voller Bewunderung gesagt haben soll, es sei »wie das des Amida-Buddha«, und drehte sich zur grauen Wand hin um. Im Zimmer mit den viereinhalb Tatami wurde es totenstill und bis zum Tagesanbruch hatte er einen intensiven Albtraum in drei Sprachen.

Ben ergriff seine auf dem Tisch liegende Jacke, nachdem er sich vom Futon erhoben hatte, trat auf den Flur hinaus und schloss leise die Tür hinter sich. Vorsichtig ging er den stockfinsteren, langen Flur entlang. Als er an einigen Türen vorbeigekommen war, tastete er sich ganz hinten in der Gemeinschaftsküche an der mit Zeitungspapier beklebten Wand entlang und stieg vorsichtig die Treppe hinunter.

Auch im Erdgeschoss war es ganz still. Als er in Richtung Ausgang ging, blieb sein Blick in einem Spiegel haften, der über einem alten Waschbecken hing. Der Spiegel war zerbrochen. Die vielen unregelmäßig geformten Spiegelscherben wurden gerade noch wie von einem schmutzigen Verband mit gelbem Klebeband in ihrem Metallrahmen zusammengehalten. Bens Gesicht, das sich darin spiegelte, ähnelte einem merkwürdigen, nicht fertig zusammengesetzten Puzzle, denn die einzelnen Stücke von blassem Fleisch wollten nicht so recht zueinander passen.

Ben rief sich die Pronomen, die er für sich selbst verwendete, eins nach dem anderen in Erinnerung. Das *I* und das *me*, welche er von klein auf gebraucht hatte, das japanische *watashi* und *boku*, welche er im Alter von siebzehn Jahren erlernt hatte, das informelle *ore*, welches er zu benutzen begann, nachdem er Andō kennengelernt hatte. Aber auf sein vom Spiegel in Bruchstücken zurückgeworfenes Gesicht passte kein einziges davon. Ein schmaler, von draußen kommender Lichtstrahl brach durch den Staub und ließ das zerbrochene Glas funkeln.

Where, father, where?

Etwas jenseits des Lichts schien ihn irgendwie anzuziehen. Aber wie lange er auch die vom Glas zurückgeworfene Spiegelung betrachtete, hinter all diesen Bezeichnungen für sich selbst stand nichts als absolute Leere. Furcht überkam ihn. Er wandte die Augen ab und eilte schnell zum Ausgang.

In der Morgendämmerung war es auf der Gasse so kalt, dass sein Körper sich ganz steif anfühlte.

2

Das amerikanische Konsulat wurde beim großen Kantō-
Erdbeben zerstört und später als Kopie des Weißen
Hauses en miniature wieder aufgebaut. Die Büroräume
lagen im Erdgeschoss, das man durch das solide Hauptportal aus Kupfer und Mahagoni betrat, im ersten Stock
war die Residenz des Konsuls mit ihren hohen Decken
und großen Panoramafenstern. Gegen Ende des Jahres,
das auf den Amtsantritt von Präsident Kennedy folgte,
zog der Konsul Jacob Isaac dort mit seiner jungen chinesischen Frau Guì-Lán und ihrem gemeinsamen kleinen Sohn ein.

Zu der Zeit waren die auf die Yamashita-Kōen-Straße
hinausgehenden Wohn- und Esszimmer mit dicken, in-
digofarbenen Teppichen ausgelegt, wie es vor dem Zweiten Weltkrieg bei der amerikanischen Oberschicht so
beliebt gewesen war, und auch die mit Stoffen in Vogel-
und Blumenmustern bezogenen Sofas und Sessel gab es
noch.

Die Residenz des Konsuls war etwa drei bis vier Mal
so geräumig wie das Haus von Bens Mutter in Virginia.
Nach seinem Highschool-Abschluss in Virginia lebte
Ben zum ersten Mal seit sieben Jahren wieder bei seinem Vater, so wie es das Besuchsrecht vorsah, das vom
Familiengericht erlassen worden war. Das Wiedertref-
fen von Vater und Sohn war an die Bedingung geknüpft,
dass Ben nach einem Jahr nach Amerika zurückkehrte,

um dort an einer Universität zu studieren. Um solchen besonders im Fernen Osten häufig auftretenden Fällen zu begegnen, hatte die Regierung eine Berechtigung für »unterhaltspflichtige Familienangehörige« verfügt und sie trug auch die Kosten der Reise. In dem Sommer, als er siebzehn Jahre alt war, bestieg Ben in San Francisco die *President Roosevelt* und fuhr über Honolulu nach Yokohama.

Als Ben in der Wohnung seines Vaters ankam, wurde ihm das Schlafzimmer zwischen dem Wohnzimmer und dem Arbeitszimmer seines Vaters zugewiesen. Sein Zimmer befand sich direkt über dem Hauptportal. Es liege schräg gegenüber dem »President Lincoln«-Zimmer, wenn man sich nach der Zimmeraufteilung des echten Weißen Hauses richte, erklärte ihm Guì-Lán am Tag seiner Ankunft in fließendem Englisch. Sie hatte nicht reagiert, als er sie mit Jiě-Jie ansprach. Guì-Lán hatte das echte Weiße Haus nie gesehen, aber in ihrer jetzigen Rolle als Hausherrin wusste sie in allen Belangen über das Konsulat Bescheid.

Vor dem Fenster in Bens Zimmer befand sich eine Jalousie. Wenn er sie hochzog, konnte er direkt vor sich das Sternenbanner sehen, wie es von morgens ab der Öffnung des Konsulats bis abends zum Löschen des Lichts im Wind flatterte. Das Sternenbanner war wie ein prächtiger Vorhang, der die Aussicht auf das verbarg, was dahinter lag, und so konnte er nur hin und wieder, wenn der Wind aus der richtigen Richtung kam, einen flüchtigen Blick auf die dicht stehenden Baumwipfel des angrenzenden Yamashita-Parks und auf die

Schornsteine der an den Landungsbrücken ankernden Passagierschiffe erhaschen.

Um die Aussicht ungetrübt genießen zu können, musste er zuerst einmal durch das nebenan liegende Arbeitszimmer seines Vaters gehen. Im Arbeitszimmer des Vaters reihten sich die Bücherregale, in denen zwischen den moderig riechenden, dicken Bänden aus der Meiji-Zeit mit englischen Übersetzungen konfuzianischer Schriften, den gesammelten Werken von Koizumi Yakumo oder auch Murdochs *A History of Japan* vergilbte Netsuke, Teeschalen aus Bizen-Keramik, ein Kannon-Bosatsu aus weißem Porzellan, ein dicker Buddha aus Taiwan und weitere Antiquitäten aus dem Osten platziert waren. Zwischen den Bücherregalen führte eine Tür auf die Treppe hinaus. Spät am Abend, nachdem Bens vierjähriger kleiner Bruder bereits ins Bett gebracht worden war und sein Vater sich mit Guì-Lán in das hintere Schlafzimmer zurückgezogen hatte, ging er leise durch das Arbeitszimmer seines Vaters, stieg die Marmortreppe hinauf, deren Treppenabsätze mit den Porträts von Townsend Harris und den anderen früheren Konsuln geschmückt waren, und trat hinaus auf das Flachdach.

Vom Dach aus konnte er die Yamashita-Kōen-Straße und die Stadt überblicken. Die Hauptstraße, die sich unmittelbar vor dem Konsulat nach links und rechts erstreckte, pendelte irgendwo zwischen dem 19. und 20. Jahrhundert, es war eine merkwürdige Straße, die in kein anderes Land gepasst hätte. Auf dieser Seite lagen in einer Reihe das Silk Hotel, die Hongkong-Shanghai-

Bank, der Amerikanische Marine-Club, die von einer Mauer aus roten Backsteinen umgebene englische Außenhandelsgesellschaft und das Hotel New Grand, das General MacArthur anfangs als Hauptquartier genutzt hatte.

Im Park auf der gegenüberliegenden Seite flanierten viele Japaner. An Sommerabenden hielten sich dort im Schein der in den Bäumen aufgehängten Papierlaternen Männer mit Halbarmhemden und Frauen in weißen Kleidern auf. An manchen Abenden drangen über den Boulevard auch leise japanische Stimmen und Gelächter bis an sein Ohr. Die Wortfetzen, die Ben nicht verstand, wehten mit der Abendbrise vom Hafen zu ihm herüber wie der Geruch des Meerwassers. Wenn er dann vom stockfinsteren Dach des Konsulats aus die Gestalten der zwischen den Bäumen und Sträuchern verschwindenden Japaner beobachtete, wie sie unter den Papierlaternen weiß aufleuchteten, stieg in ihm ein Gefühl auf, das weder Sehnsucht noch Verlassenheit war, sondern ganz so, als ob er ein lebendes Bild aus dem Traum eines Fremden sähe.

Die allermeisten Japaner kamen an den Sonntagen. Gerade so, als sollten die Personen im Gebäude daran erinnert werden, dass das Konsulat, dessen Extraterritorialität von dem es einfassenden hohen Eisenzaun angedeutet wurde, in Wirklichkeit mitten in Japan lag, säumten vom Morgen an Limonadestände, Bassins zum Goldfischfangen und Buden mit Maiskolben die Gehsteige des Boulevards. Beide Gehsteige waren voller Japaner, die mit ihren Familien aus dem Park kamen. Aus dem Panoramafenster des Salons konnte man sehen, wie den Gehweg in Scharen entlangspazierende Paare und auch Gruppen von Schülerinnen vor dem Eisenzaun stehen blieben, hineinschauten oder Fotos machten. Es schien ganz so, als ob sie das Konsulat – die Miniaturausgabe des Weißen Hauses – auch zu den »exotischen« Sehenswürdigkeiten von Yokohama zählten.

Ben begegnete dem nahenden Sonntag immer mit gemischten Gefühlen, denn der Sonntag war auch für die Familie Isaac der Tag für den Familienspaziergang. Mit dem Vater an der Spitze marschierten Guì-Lán, Ben und der vierjährige Jeffrey durch das eiserne Außentor und gingen zunächst über den überfüllten Gehsteig der Yamashita-Kōen-Straße bis zum Hotel, um dort am Brunch teilzunehmen. Das Restaurant im vierten Stock des Hotels war immer voll besetzt mit amerikanischen Familien, die gerade aus der Kirche kamen. Nachdem man sie zu ihren reservierten Fensterplätzen geführt hatte, bestellten der Vater und Guì-Lán Omelette, Ben und Jeffrey Pancakes. Wenn der Vater und Guì-Lán begannen, miteinander im Dialekt von Shanghai – dem Heimatdialekt von Guì-Lán – zu sprechen, ließ Ben seinen Blick über die anderen Familien schweifen, die an den Tischen um sie herum saßen. Die Männer in ihren aschgrauen und blauen Anzügen wie auch deren Frauen in ihren anmutigen Kleidern, von denen einige auf ihrer Brust rote oder gelbe Ansteckblumen trugen, waren ausnahmslos weiß und sprachen allesamt Englisch (häufig mit dem schwerfälligen Einschlag des Mittleren

Westens oder dem nasalen Klang der Südstaaten). Auch die Jungen, die zu ihren himmelblauen Blazern steife Fliegen umgebunden hatten, und die Mädchen, die zu ihren leuchtend bunten Kleidern farbenfrohe Bänder in ihr langes, braunes Haar geflochten hatten, nahmen auf diese Weise das Erbe ihrer Eltern auf. Ben erinnerte sich deutlich daran, dass er damals – als er etwa so alt gewesen war wie Jeffrey heute – zu dritt mit seinem Vater und seiner Mutter in Jakarta oder Phnom Penh in Hotelrestaurants gegessen hatte, in denen es ausschließlich Amerikaner und Europäer gab. Bens heutige Familie unterschied sich jedoch sehr von den Familien um sie herum.

Als die japanische Bedienung in makellosem Französisch »Omelette du jour« sagte und seinem Vater und Guì-Lán die luftigen Omelettes auf weißen Tellern der Marke Noritake servierte, bemerkte Ben, dass währenddessen ein am Nebentisch sitzendes weißes Ehepaar in mittleren Jahren die Familie Isaac eingehend musterte. Sein beinahe kahlköpfiger Vater, der anders als die von der Kirche kommenden Amerikaner ganz alltägliche Kleidung trug und nicht einmal eine Krawatte umgebunden hatte, und die etwa dreißig Jahre alte Guì-Lán, die in einer Sprache redete, die eine ganz andere Melodie als das Japanische hatte, wurden vor allem von der weißen Frau mit einem Gesichtsausdruck angestarrt, als hätte sie mitten im Gottesdienst einen Furz erschnüffelt. Im Speisesaal saßen keine weiteren Asiatinnen. Zudem trug Guì-Lán formellere Kleidung und sah mit ihrem ovalen Gesicht und ihrem hellen Teint genauso aus wie die Sängerin einer Holzschnittillustration in einem Roman aus der Qing-Dynastie im Arbeitszimmer seines Vaters. Der Kern der Verunsicherung dieser in Asien lebenden Weißen manifestierte sich direkt vor ihren Augen und aß Omelette. Als Bens Vater die starrenden Blicke um sich herum bemerkte, murmelte er leise, aber voll unverhohlener Verachtung auf Englisch: »Christen!«

Sein Vater trug an Sonntagen nie Anzüge. Außerdem hatte Ben von seiner Mutter gehört, dass er während der fast zwanzig Jahre, seit er kurz vor der Revolution am Konsulat in Shanghai zum ersten Mal in Asien eine Stelle im diplomatischen Dienst angetreten hatte, nicht ein einziges Mal einen Fuß in eine jüdische Synagoge gesetzt hatte. Wenn man ihn nach seiner Religionszugehörigkeit fragte, antwortete er ohne zu zögern: »Konfuzianist.« In Brooklyn, wo sein Vater aufgewachsen war, hatte er eine streng orthodoxe jüdische Erziehung erhalten. Ben hatte gehört, dass die Hochzeit mit einer aus West Virginia stammenden polnischen Katholikin gerade noch als akzeptabel erachtet wurde, aber die Scheidung nach zehn Jahren und darüber hinaus noch die zweite Ehe mit einer um zwanzig Jahre jüngeren Chinesin wurde als Verrat an der ganzen Familie in Brooklyn, ja sogar am eigenen Volk aufgefasst und führte zum Bruch. Ben hatte am eigenen Leib erfahren, dass sich die aus dieser Sittenlosigkeit resultierende Schuld bis zu den Enkeln erstreckte. Nach der Scheidung seiner Eltern blieben plötzlich die Nachrichten von seiner Großmutter, den Tanten, Onkeln und Cousins väterlicherseits aus. Ben und seine Mutter hatten sich zu zweit in Virginia eingerichtet. Auf einer Klassenfahrt nach New York im ersten Jahr an der Highschool hatte er sich am letzten Tag heimlich von den Lehrern und seinen Mitschülern fortgeschlichen und eine Telefonzelle in einem U-Bahnhof betreten. Dort wählte er die Nummer seiner Großmutter in Brooklyn, die er zuvor seiner Mutter entlockt hatte. Als er auf das matte »Hallo?« der alten Dame »Ich bin's, Ben!« antwortete, breitete sich am anderen Ende der Leitung Schweigen aus. Gegen das wie trübes Regenwasser in die Telefonzelle im Bahnhof der vierten Straße West strömende Schweigen sagte Ben »Ben! Der Sohn von Jacob, dein Enkel!«, woraufhin der Hörer auf die Gabel geknallt wurde. Damals war er vierzehn Jahre alt.

Es wurde Mittag. Am Eingang des Restaurants standen amerikanische Familien und auch Marineoffiziere in ihren schneeweißen Uniformen in einer ungeordneten Schlange und warteten auf freie Plätze. Unterhalb des großen Fensters, dessen mattiertes Glas den Lärm des Boulevards abschottete und die kräftigen Strahlen der Augustsonne dämpfte, gingen zahlreiche Japaner in Grüppchen entlang.

Als die vierköpfige Familie Isaac das Hotel durch die Drehtür verließ, hielten sie sich rechts, wo der Marine Tower hoch aufragte, und liefen in Richtung Motomachi. Da die Sonne brannte, wechselten sie auf die Parkseite, wo sich Bude an Bude reihte. Sie wollten im weiten Schatten der Alleebäume weitergehen, denn diese Bäume streckten ihr Blattwerk weit über den Boulevard aus, als schützten sie die Verkaufsstände. Dabei mussten sie sich just durch die Mengen der Japaner zwängen, die sich um die Buden scharten. Immer wenn sie an einer Bude vorbeikamen, rief der an Bens Hand gehende Jeffrey »Das will ich haben!« und versuchte, ihn an der Hand hinüberziehen. Als Guì-Lán ihn mit »No!« zurechtwies, drehten sich die Kunden an den Ständen erstaunt um. Selbst die an Ausländer gewöhnten Bürger von Yokohama starrten den mit seinem Glatzkopf die Menge überragenden Vater, Guì-Lán, die beim Gehen eine Schulter an die Seite des Vaters angerückt hatte, Ben mit seinen langen, blonden Haaren und Jeffrey, den Ben mit der Hand zurückhalten wollte, hemmungslos an.

Die Blicke der Japaner konzentrierten sich zuerst auf Jeffrey. Seine scharfgeschnittenen, griechisch anmutenden Gesichtszüge, die von den pechschwarzen Haaren eines Mongolen umrahmt wurden, veranlassten vor allem Schülerinnen dazu, unisono »Süß!«, »Ach, wie süß!« und »Hello!« zu rufen.

Danach wandten sich die auf das Mischlingskind gerichteten Blicke natürlich von dem Jungen auf Ben, der ihn an der Hand hielt, dann zum Vater und zu Guì-Lán, die zwischen Ben und seinem Vater ging und hinsichtlich ihres Alters näher an Ben als an seinem Vater lag. Nun verstummten das »Süß!« und »Hello!«, als ob man unwillkürlich die beschämende Schlussfolgerung gezogen hätte, und es ergab sich ein verlegenes Schweigen. Dieses Schweigen wurde nur gelegentlich durch das Kichern von zwei, drei Leuten unterbrochen.

»Na, die sehen uns und sie scheinen überhaupt nicht zu kapieren, wer hier wie mit wem zusammengehört!«, meinte der Vater und lachte aus so vollem Halse, wie er es unter weißen Familien nicht zu tun gewagt hätte. Es war ein unbeherrschtes Lachen, ganz als würde ein tief-schwarzes Etwas aus dem Inneren dieses großen Körpers herausgespuckt.

Ben nahm Guì-Láns Sohn, seinen jüngeren Bruder, bei der Hand. Er hätte seinen Vater umbringen können. Mit der Geschwindigkeit der an einem nachmittäglichen Augusthimmel einen Augenblick aufblitzenden Sonne fuhr ihm dieses Verlangen durch den Kopf und wandelte sich sofort in seiner Brust zu heiß schwelender Scham. Von dieser Scham – dieser bedrückende Gedanke kam ihm, als von der nächsten Bude bereits das »Hello!« einer hingerissenen Schülerin herüberdrang – wollte er irgendjemandem um ihn herum erzählen, sie irgendjemandem zuschreien.

Alle um ihn herum waren Japaner.

Bei einem sonntäglichen Abendessen Ende August brachte Ben auf, an einer Universität in Tōkyō Japanisch lernen zu wollen. Guì-Lán zeigte sich überrascht, aber sein Vater, der das Gesicht der am anderen Ende der Tafel sitzenden Guì-Lán nur für einen Augenblick musterte, meinte: »Nun ja, dem Chinesischen kommt es nicht gleich!«, stimmte aber widerwillig zu.

Dreimal pro Woche besuchte Ben an einer privaten Universität einen Japanischkurs, den er selbst herausgesucht hatte. Aber sein Vater machte zur Bedingung, dass

er an den Unterrichtstagen auf jeden Fall bis zur Abend-
brotzeit wieder im Konsulat sein müsse. »Mach keine
Abstecher!«, sein Vater, gab Guì-Lán mit den Augen ein
Zeichen und fügte noch hinzu: »Vor allem nicht an Orte
wie Shinjuku!«

3

Ein Dichter aus dem 19. Jahrhundert, den Ben an der Highschool in Virginia gelesen hatte, erklärte einmal, dass jeder Knabe zuerst einen unendlich lang erscheinenden Korridor durchschreiten müsse, um dann an das Tor zur Jugend zu gelangen. Im Korridor, durch den Ben seit seiner Kindheit ging, hallten immer wie lange Schatten die Schritte von Erwachsenen wider.

Da war der Flur in der Regierungsresidenz, in dem sein Vater samt dem mit Handschellen an seinem dicken Handgelenk befestigten Aktenkoffer voller Staatspapiere verschwand, nachdem er Ben am Eingang zurückgelassen hatte.

Der Korridor mit dem Parkett aus Teakholz im Palast des Diktators in einem Land des Südens, in dem er auf seinen Vater und seine Mutter wartete, die sich im Audienzsaal befanden. Wenn er dort aus dem Schatten des Pfeilers aus grünem Stein herausspähte, sah er das Kommen und Gehen der von einem Moschusduft umgebenen Leibeigenen und Krüppel, die stillschweigend Bittschriften in ihren Händen hielten.

Der dunkelgrüne Korridor des amerikanischen Luftstützpunktes, in dem die Töchter von Leibeigenen – von den Rikschafahrern, die sich in den Schatten von Seitenstraßen der Hauptstadt dieses südlichen Landes zurückgezogen hatten, verächtlich als »die, die ihren Körper verkaufen« bezeichnet – ihre weißen oder schwarzen

Mischlingskinder mit den Haarklammern und den kurzen Hosen in den Armen hielten und auf ein Flugzeug nach Kalifornien warteten.

Passagen in asiatischen Ländern, in denen Ben umherirrte, als er sich von den Händen seiner Eltern losgerissen hatte. Enge Marktgassen, in denen er sich durch die ausgestreckten braunen Hände Hunderter Personen wand, die ihm über das goldblonde Haar streichen wollten. Die Arkaden des Imperial Hotels, wo in den Schaufenstern der Souvenirgeschäfte die dort ausgestellten Buddhastatuen und fünfstöckigen Pagoden glänzten.

Und die weiten Korridore der Villen auf den Anwesen in den Kolonien, die durch den Fall des Großjapanischen Kaiserreiches von den japanischen Militärs und Bürokraten an die amerikanischen Militärs und Bürokraten übergeben worden waren. Die Schritte der Bediensteten, die lange Veranda, die vom Schlafzimmer des Vaters bis zum Schlafzimmer der Mutter führte. Der Flur eines vom Dunst verhüllten und kaum auszumachenden japanischen Bergtempels, gemalt in Tusche, die ihr überstürzt nach Japan aufgebrochener ehemaliger Besitzer in der Bildnische zurückgelassen hatte.

Und dann der in einem erbärmlichen Zustand befindliche Flur mit der abblätternden gelben Farbe im Internationalen Institut der Waseda-Universität, die er etwa seit Mitte September des Jahres besuchte. Wenn man dort die hinterste Tür öffnete, blickte man auf eine große Wand, die mit ungelenken lateinischen Buchstaben verunstaltet war. Mitten auf die Wand hatte jemand den Spruch »*Gott ist tot!* Nietzsche« und darunter »*Nietzsche ist tot!* Gott« geschmiert, einen Spruch, wie man ihn oft auf den Trennwänden der Toiletten oder unter den Torbögen in amerikanischen Universitäten finden konnte. Vor der Wand mit der Schmiererei standen bestimmt einige japanische Studenten in einer Reihe und warteten auf eine Gelegenheit, mit den sie ignorierenden, bequem auf den Sofas in der Mitte des Raumes ruhenden Studenten aus dem Ausland englische Konversation betreiben zu können. Unendlich geduldig und in der Körperhaltung blasser Leibgardisten standen sie regungslos da. An diesem Tag äußerte jemand im monotonen Kansas-Dialekt: »Gott ist nicht tot!« Es war ein Doktorand mit Frühglatze und harten Barthaaren am Kinn, als ob er sich Schamhaar habe wachsen lassen. »Er hat sich nur im Bahnhof von Shinjuku verlaufen!«

Zwei ausländische Studentinnen, die auf einem Sofa saßen und die Cartoons im *New Yorker* lasen, lachten. Die vor der Wand aufgereihten jungen Japaner standen weiter schweigend da.

Da erhob sich mit gelangweiltem Ausdruck und steifen Bewegungen eine andere Frau mit platinblondem, zu einem festen Knoten gebundenem Haar, die auf einem Stuhl in der Ecke des Zimmers in ein Buch vertieft gewesen war, und trat neben das Fenster.

Draußen vor dem geöffneten Fenster tönten von irgendwo her auf dem großen Campus Parolen durch die Luft. Es hörte sich an, als würden die Parolen von einer Gruppe mehrerer hundert Leute gleichzeitig gebrüllt. Als der Lärm näher kam, wurde er zu rhythmischem

Kampfgeschrei, das von der lauen Brise bis zum Aufenthaltsraum der ausländischen Studenten im ersten Stock des Internationalen Instituts getragen wurde: »Nieder mit dem Sicherheitsvertrag! Gebt Okinawa zurück!«

»In Japan sind metaphysische Scherze nicht üblich! Glücklicherweise …«, murmelte wie zu sich selbst die dem Fenster zugewandte Frau, als wolle sie die nachmittäglichen Schatten anklagen, die auf der Ziegelwand der gegenüberliegenden Aula tanzten.

Ben war diese Frau schon vorher aufgefallen. Sie saß immer abseits von den anderen ausländischen Studenten alleine in einer Ecke und war in den Originaltext von Natsume Sōsekis *Kokoro* oder einen Sammelband von Donald Keene mit englischen Übersetzungen japanischer Literatur vertieft. Ihre etwas arrogante Einsamkeit hatte schon einmal seine Neugierde erregt.

Dennoch hatte Ben weder mit ihr noch mit den anderen ausländischen Studenten kaum ein Wort gewechselt. Am Austausch zwischen den Studenten und Doktoranden nahm der siebzehnjährige Ben nicht teil. Es ergab sich ganz von selbst, dass anstelle der fluchenden und nörgelnden ausländischen Studenten die von ihnen als »unreif« verachteten Japaner, die immer in einer Reihe vor der beschmierten Wand stehenden Mitglieder des English Conversation Club, zu seinen Gesprächspartnern wurden.

Nach dem Japanischunterricht schaute Ben auf seinem Weg nach Hause immer im Aufenthaltsraum für die ausländischen Studenten vorbei. Wenn er den ganz am Ende des Korridors mit den Unterrichtsräumen liegenden Aufenthaltsraum betrat, lösten sich von der Wand einige der dort schweigend aufgereihten Japaner mit dem Blick eines feigen Jägers, der seine Beute erspäht hatte. Aber der Blick war auch irgendwie freundlich. Sie umringten ihn mit »Oh! Hey, Ben!« und unterhielten sich eifrig mit ihm auf Englisch.

Aussprache und Akzent der Mitglieder des English Conversation Club waren recht akkurat. Aber diese Art der Unterhaltung war eine »Konversation«, wie sie Ben in der englischsprachigen Welt noch nie erlebt hatte. Es handelte sich mehr um ein Interview, manchmal auch eher um ein Kreuzverhör als um eine Unterhaltung, eine Frage nach der anderen prasselte auf ihn nieder. Der Inhalt der »Konversation« schien für den jeweiligen Tag von den Mitgliedern im Voraus beschlossen worden zu sein. Es waren auch welche darunter, die ihre auf Karten notierten Fragelisten langsam und bedächtig vorlasen:

»Wird sich Robert Kennedy als Kandidat für die Präsidentschaftswahlen aufstellen lassen?«

»Hast du wegen des Krieges in Vietnam Schuldgefühle? Und wie ist es wegen des Atombombenabwurfs auf Hiroshima?«

»Wie denkst du über die Einzigartigkeit der japanischen Mentalität?«

»Kennst du die Romane von Kawabata Yasunari und Mishima Yukio?«

Ihm war klar, dass sie mit ihren komplexen Fragen, mit denen sie ihn fortwährend bombardierten, in Wirklichkeit dem »Westen« auf den Grund gehen wollten.

Doch es überraschte ihn, wie sie ihn umringten und mit ihren schwierigen Fragen in die Enge trieben, obwohl er ja weder Politiker noch Literaturhistoriker war und direkt von der Highschool kam. Noch befremdlicher fühlte sich Ben jedoch, wenn er sah, wie aufmerksam sie seinen Antworten zuhörten, obgleich sie doch alle älter waren als er.

Die von den ausländischen Studenten die »Japaner an der Wand« genannten Mitglieder des English Conversation Club hatten ihn zum ersten Mal zwei Tage nach Unterrichtsbeginn angesprochen. Die erste »Konversation« begann mit »What's your name?«.

Als er »Ben Isaac« antwortete, beriet sich der Wortführer der Studenten, der ihn angesprochen hatte, flüsternd mit einem anderen Studenten in für Ben unverständlichem Japanisch. Dann leitete er mit »Excuse me« seine nächste, in makellosem Oxford-Englisch formulierte Frage ein: »Woher stammst du?«

»Ich bin zur Hälfte polnisch und zur Hälfte jüdisch.«

Die Studenten machten große Augen.

»Jüdisch«, »Hälfte«, »polnisch«, plapperten sie nach, als ob sie die Worte nicht begriffen hätten. Als hätten sie unter ihrer Beute einen ganz seltenen Fang entdeckt, fragten sie ihn aufgeregt: » Tja, was denkst du über den Zionismus?«

»Gar nichts«, meinte Ben wahrheitsgemäß. Über dieses Problem hatte er sich noch nie Gedanken gemacht.

»Ja, aber du unterstützt doch Israel?«

»Damit habe ich nichts zu schaffen.«

»Aber«, der Student mit dem Oxford-Englisch ließ nicht locker. »Du bist doch Jude?!«

Ben war ratlos. Er erinnerte sich an das Schweigen, das ihm vom Telefon seiner Großmutter entgegengeströmt war.

»Ich bin ein Jude, der den Traum von Israel nicht träumt!«

Es war gegen Ende September, an einem Tag, an dem die Parolen rufenden Stimmen lauter wurden. Direkt unter dem geöffneten Fenster des Aufenthaltsraumes für die ausländischen Studenten marschierte vom anderen Ende des Campus her ein Demonstrationszug aus drei zusammengehörigen, bunte Helme tragenden Gruppen auf und wiederholte im Zickzack auf dem Gehweg seine Demonstration. Einige hundert die Nachmittagssonne reflektierende Helme bewegten sich ruckartig auf und ab.

Der durchdringende Ton von Trillerpfeifen erscholl. Auf die schrille Stimme des Megaphons, die »Der Sicherheitsvertrag?« skandierte, antwortete der Chor »Muss weg!«. Für Bens Ohren klang das wie ein verzweifelter Dialog. Allmählich schwoll nur das Antwortgebrüll an und der fragende Ton verebbte.

»Muss weg! Muss weg! Muss weg!«

Als sich der Demonstrationszug Richtung Haupttor der Universität bewegte, verblieb nur das Echo der Parolen wie ein Hauch dieses Zorns. Und kaum dachte man, es sei ruhig geworden, ertönten auch schon wieder die von der nächsten Gruppe Demonstrierender gerufenen Parolen durch die Herbstluft, die den Campus im Stadtzentrum einhüllte. Es war ein paradoxer Nachmittag im September, der die Ausrottung der gesamten alten Ordnung und eine Neuschöpfung zu versprechen schien.

An diesem Tag war Ben von drei Mitgliedern des English Conversation Club umringt und man sprach über den Krieg in Vietnam. Auch in Amerika wurden im Herbst 1967 die Stimmen gegen den Krieg immer lauter, aber mit einer Immatrikulation im nächsten Jahr wäre Ben noch fünf weitere Jahre vom Militärdienst befreit. Und so war sein Bild vom »Krieg« nur das, was zu Hause bei seiner Mutter über den Fernsehschirm flimmerte. Die Verbindung zwischen »Vietnam« und ihm selbst war nur eine vage, weit entfernte Verunsicherung in schwarzweiß.

An diesem Tag war das Thema der »Konversation« im English Conversation Club »der Vietnamkrieg, der amerikanische Imperialismus und die Überlegenheit der weißen Rasse«.

»In other words«, hob der Wortführer in seinem Oxford-Englisch erklärend an, »anders gesagt, entsprang die in letzter Zeit in Vietnam erfolgte Bombardierung mit Napalm durch F111-Bomber der amerikanischen Luftwaffe derselben Mentalität wie der Abwurf der Atombomben über Hiroshima (so wie die Engländer sprach er Hiroshima mit langem »i« aus) und Nagasaki, wo Hunderttausende Japaner lebten, in other words, anders gesagt, hat sie ihren Ursprung in einer Überlegenheit der weißen Rasse, die das Leben von Asiaten gering schätzt, und subsequently, in der Folge: Wie denkst du als Weißer darüber?«

Ungefähr aus der Richtung des Haupttores der Universität hörte man die Sirenen einer Polizeisturmtruppe. Die drei vom English Conversation Club fixierten Ben und warteten auf seine Antwort.

Überlegenheit?, dachte Ben. Wenn dem so wäre, dann wäre auch das Stadtbild der Yamashita-Kōen-Straße, das er vom Dach des Konsulats betrachtet hatte, nichts anderes als ein Schauplatz der Überlegenheit der weißen Rasse. Die Residenz seines Vaters wäre der eine japanische Stadt auf überzogene Weise dominierende Palast der Überlegenheit der weißen Rasse. Aber sein Vater führte auch ein Leben, bei dem er von Weißen ausgegrenzt wurde. Hätte er zu jener Zeit in Europa gelebt, wäre er zweifellos allein wegen seines Familiennamens »Isaac« ermordet worden. Außerdem hatte Guì-Lán, das weibliche Oberhaupt dieses Palastes, wirklich etliche Verwandte, die von der antijapanischen Bewegung exekutiert worden waren, als sie noch ein kleines Mädchen in Shanghai war. Shanghai, Nanking, was ist mit dem Leben der Asiaten, die dort gewohnt hatten? Was für eine Art Überlegenheit war das, als die Japaner Asiaten töteten?, wollte Ben widersprechen, aber er ließ es bleiben. Er antwortete nur: »Ich glaube, diese beiden Fälle unterscheiden sich etwas.«

Um die schmalen Lippen des lächelnden Studenten mit seinem Oxford-Englisch spielte ein Hauch von Unzufriedenheit. Der Student daneben schien in Gedanken, als ob er nach den passenden englischen Vokabeln suchte, und meinte dann: »Aber es ist doch unmoralisch?«

»Genau. Beides ist unmoralisch. Aber wenn man die japanische Geschichte betrachtet …«, begann Ben zu antworten und bemerkte dann, dass hinter den mit gespitzten Ohren zuhörenden drei Studenten wie teilnahmslos ein weiterer Mann stand.

Es war ein japanischer Student, den er im Aufenthaltsraum für ausländische Studenten noch nie gesehen hatte.

Anders als die Mitglieder des English Conversation Club trug dieser Student, unter dessen Bürstenhaarschnitt ein rundes Gesicht zu sehen war, eine schwarze Studentenuniform an seinem kräftig gebauten Körper und hielt in seinen Händen die viereckige Mütze der Waseda-Universität. Flüchtig und verwundert musterten die drei anderen Japaner diesen Studenten, der steif herumstand, als könne er das von ihm mitgehörte Englisch nicht gut verstehen. Der Student in der Uniform unterbrach plötzlich Bens Argumentation und fragte auf Japanisch: »Entschuldige, aber woher kommst du?« Sein Tonfall war ernsthaft und ein wenig nervös. Die laut gesprochenen japanischen Silben in einer Intonation, wie es sie im von Ben gewohnten Tōkyōter Dialekt nicht gab, ließen die Luft im Aufenthaltsraum der ausländischen Studenten erzittern.

Ben beendete abrupt das Gespräch über den Krieg.

»Aus Amerika.«

Die drei vom English Conversation Club verloren die Geduld und wandten ihren Blick gleichgültig von dem

Eindringling ab, aber Ben fragte in stockendem Japanisch zurück: »Und woher kommst du?«

Ben hatte ihn ernsthaft fragen wollen, doch der Student in Uniform machte ein Gesicht, als hätte man ihn auf dem falschen Fuß erwischt, und er war für einen Augenblick um eine Antwort verlegen.

»Aus der Präfektur Aichi hier in Japan«, sagte er mit klarem Blick. Er wich den starrenden Blicken der ironisch lächelnden drei anderen aus und stellte Ben eine weitere Frage.

»Du bist hier in Japan, warum sprichst du dann Englisch?«

Im Aufenthaltsraum für ausländische Studenten wurde es plötzlich totenstill. Die auf dem Sofa sitzenden Frauen schauten gleichzeitig vom *New Yorker* auf.

Einer der Studenten vom English Conversation Club bedeutete ihm eifrig, dass er nicht zu antworten brauche und die Frage ignorieren könne. Aber die Frage des Eindringlings hatte Ben selbst mehrfach während der zwei Wochen vorgeschwebt, die er zwischen dem Konsulat und dem Internationalen Institut pendelte. Außerhalb des Japanischunterrichts, in dem er Höflichkeitsfloskeln wie »*Watashi wa Beikokujin degozaimasu* (Ich bin Amerikaner)« einübte, sprach er mit den Leuten in seinem Umfeld nur Englisch. Und selbst wenn er hier etwas auf Japanisch sagte oder mit jemandem Japanisch sprechen wollte, dann machte derjenige ein Gesicht, als hätte ihn eine Art intelligenter Puppe angeredet, und erwiderte: »Sie sprechen aber gut Japanisch!«, setzte das »japanische Lächeln« auf und verstummte. Das führte dazu, dass Ben nicht wusste, ob er nun auf Englisch antworten sollte oder nicht. Warum nur? Er wusste es selbst nicht so genau. Wie es dazu kam, verstand er nicht.

Als Ben diesen Umstand irgendwie erklären wollte, deutete der Anführer mit dem Finger auf den Eindringling, ließ dasselbe Lachen hören wie das kichernde Lachen jener Schülerinnen, die beim Sonntagsspaziergang mit dem Finger auf Bens Familie zeigten, und behauptete in seinem Englisch, das fast so perfekt klang wie das eines Professors aus Oxford: »He's quite provincial!«

Vielleicht kannte der Student in der Uniform das englische Wort für »provinziell« nicht. Dennoch schien er zu bemerken, dass man sich über ihn lustig machte und sein klarer Blick wurde plötzlich zornig.

»Wenn ich jetzt so etwas sage, könnte es unhöflich klingen, aber ...!«, nachdem er Atem geschöpft hatte, bellte er: »Du bist nichts weiter als ein Schmuckstück!«

Er zeigte mit der viereckigen Mütze auf die drei vom English Conversation Club und fuhr fort, wobei er diesmal langsam sprach und jedes einzelne Wort betonte: »Du bist für die nichts weiter als ein importierter Ring oder ein Anhänger!«

Ben schwieg.

Das Echo der Parolen, die der sich entfernende Demonstrationszug in die Luft peitschte, drang an sein Ohr. Das Geräusch war klar und deutlich.

Ben fühlte sich, als würde er mit einem Holzschwert verprügelt.

Der Student mit dem flüssigen Oxford-Englisch brüllte den Eindringling mit schriller Stimme auf Japanisch an: »Was bitte gehen dich denn die Ausländer hier an!«

Der schmale Mund dieses Mannes, der sonst immer den ausländischen Studenten schmeichelte, kanzelte plötzlich jemanden ab. In seinen Mundwinkeln sammelten sich wie Speichel die Beleidigungen gegen den Studenten in Uniform und gegen Ben.

Ben hatte alles satt. Sowohl die nicht Japanisch sprechenden Studenten aus dem Ausland als auch die nur Englisch sprechenden Japaner und letztlich auch sich selbst, der sich mitten unter ihnen befand. Es war ein englischsprachiges Zimmer. Ein Zimmer, in dem Englisch die Währung war und die Herrschaft bedeutete. Je mehr er sich an die Worte erinnerte, die in diesem Zimmer gewechselt worden waren, desto satter hatte er es. Er kannte alles in diesem Zimmer so genau, dass es ihm über wurde.

»Ein Schmuckstück …«

Sein mit japanischen Worten geprügelter Kopf war schwer. Im Durcheinander seiner Gedanken traf er eine Entscheidung, wie ein offenes Fenster, das scheppernd zuschlägt. Mit dem unbegreiflichen Mut desjenigen, der einmal richtig zu Boden gegangen ist, nahm Ben die Herausforderung des Eindringlings an: »Nun, dann sprich du bitte mit mir Japanisch!«

Auf dem runden Gesicht des Studenten in der Uniform zeigte sich ein erstaunter Ausdruck, der sich danach in ein freundliches Lächeln kehrte. Es war keinesfalls das unfreundliche Lächeln eines Triumphierenden.

»Ich bring's dir bei!«

Ben, der nichts verstanden hatte, sah ihn nur verblüfft an.

»Ich werde es dir beibringen!«

Auch das verstand er nicht. Im Japanischbuch waren diese Vokabeln noch nicht vorgekommen. Die Schatten der Nachmittagssonne zeichneten sich auf der beschmierten Wand ab und tanzten über den Köpfen der Japaner, die sich an die Wand zurückgezogen hatten. Der Student in der Uniform betrachtete lange verwundert das Gesicht des schweigenden Ben. »Ach so!«, murmelte er plötzlich und sagte noch einmal freundlich: »Ich – werde – es – dir – beibringen!«

Als sie zusammen auf den Flur hinaustraten, stellte sich der uniformierte Student mit der viereckigen Mütze vor: Er heiße Andō Yoshiharu.

4

Vom nächsten Tag an schaute Ben nicht mehr im Aufenthaltsraum für ausländische Studenten vorbei. Kaum war der Unterricht beendet, verließ er das Internationale Institut, passierte in der Nähe der Bronzestatue des Universitätsgründers die Versammlung des sich dort täglich treffenden harten Kerns der Demonstranten und trat durch ein Seitentor auf den Weg, der hoch zu einer Straßenkreuzung führte. Im dritten Anlauf merkte er sich endlich die komplizierte Strecke, die Andō ihm gezeigt hatte und die von der Kreuzung zu dessen Unterkunft führte.

An der Ecke oben an der Kreuzung stand im Wind schwankend eine Anschlagtafel des Studentenverbandes mit Wohnungsangeboten. Deren auffällige Schriftzeichen zogen oft Bens Blicke auf sich.

4,5 Tatami 6 000 Yen
2 Monatsmieten Maklergebühr 2 Monatsmieten Kaution

Die Anschlagtafel – über und über mit in schwungvollen Pinselstrichen geschriebenen roten Angebotszetteln beklebt – schien die zahlreich in die Großstadt strömenden Jugendlichen und deren unzählige Träume und Sehnsüchte anzubieten. Die unzähligen Zimmer in Tōkyō mit viereinhalb Tatami, das Licht darin, das Anfang Oktober durch ihre Fenster fiel …

Wenn dieses Licht vor Bens geistigem Auge flimmerte, dann wurde ihm bewusst, wie einsam doch sein eigenes stattliches, ihm jedoch wie ein Gefängnis vorkommendes Schlafzimmer im zwischen der Bank und der Außenhandelsgesellschaft an der Yamashita-Kōen-Straße gelegenen Konsulat war. Wie zuwider waren ihm doch die dicken Jalousien der Extraterritorialität und der kalte Marmor, eine Erinnerung an die Händler und Missionare aus viktorianischer Zeit.

Inmitten der geschäftig auf der Kreuzung verkehrenden Menschenmassen blieb Ben als Einziger stehen. Über seine hageren Wangen strichen von den Alleebäumen fallende Blätter. Von der Treppe zum Mahjong-Lokal, das im ersten Stock der Studentenvereinigung lag, polterte Gelächter auf den Gehsteig hinunter. Anschließend kam ein ganzer Haufen Studenten mit viereckigen Mützen herunter. Nachdem die Studenten eine Weile an der Ecke gestanden hatten, bogen sie in die an der Kreuzung nach rechts abgehende Allee in Richtung Bahnhof ab.

Ben hielt sich links, gegen den Strom aus einem Eisentor tretender Oberschüler. Nachdem er an ihnen vorbeigegangen war, hallte ein »Hello! Hello!« hinter ihm her, das an den lauten Ruf einer Schar Wildgänse erinnerte. Ein Stück weiter überquerte er die Allee und betrat eine Gasse.

Auf beiden Seiten der Gasse reihte sich Fenster um Fenster billiger Mietshäuser aus Holz aneinander. Obwohl es erst gegen vier Uhr war, gab es schon Fenster, in denen Licht brannte. Je weiter er in die Gasse hineinging, desto schmaler wurde der Himmel zwischen den Dächern und veränderte sich zu mausgrauen Fetzen ...

Ganz hinten am Ende der schmalen Gasse, wo über dem Zaun ein großer Kakibaum zu sehen war, ging es zu Andōs Unterkunft.

Ben lief den schmalen Weg an der weißen Wand des neu errichteten Hauses entlang, in dem der Vermieter wohnte. Während er vorsichtig über die von Unkraut überwucherte Reihe von Trittsteinen schritt, tauchte an deren Ende ganz verschwommen ein unglaublich heruntergekommenes Haus auf, in dem einzelne Zimmer vermietet wurden.

Als er den auch tagsüber halbdunklen Eingangsbereich betrat, roch es nach einer moosbewachsenen Toilette. Rechts war etwas erhöht ein altes Waschbecken, von dem nachlässig darüber aufgehängten zerbrochenen Spiegel wurde für einen Augenblick sein Gesicht reflektiert. Es war blass, Neugierde und Zögern hatten sich darauf eingeprägt wie die Falten eines alten Mannes.

Weiter drinnen war eine Wand, die mit vergilbtem Zeitungspapier beklebt war – wohl um die Risse zu verbergen. Berührte man es mit dem Finger, dann knisterten die verblichenen Schlagzeilen, die Nachrichten aus längst vergangener Zeit. Ben konnte nur »Terror« und »Vietnam« lesen. Während er die japanische Zeitung Seite für Seite mit seinem Finger abtastete, so als handele es sich um Blindenschrift, stieg er langsam die unbeleuchtete Treppe hinauf. Dort im ersten Stock lag ein langer Flur. Aus der Tiefe des Flures ertönte leise der Klang einer Flöte, was Ben etwas merkwürdig vorkam.

Als er an die Tür am Ende des Flures klopfte, brach der Flötenton unvermittelt ab. Wie immer begrüßte Andō Ben mit einem einfachen »Oh!«. In der kühlen Luft des Zimmers von viereinhalb Tatami klang seine klar artikulierte Stimme jetzt zu Beginn der Abenddämmerung frisch.

Ben, der sich mittlerweile angewöhnt hatte, ebenfalls mit »Oh!« zu antworten, konnte dabei ein leichtes Grinsen nicht unterdrücken, denn er erinnerte sich an den Dialog im Kapitel über Begrüßungen in seinem Japanischbuch, den er im Internationalen Institut hatte auswendig lernen müssen:

»*Mein Name ist Smith, sind Sie wohl Mr. Tanaka?*«
»*Ah, Mr. Smith! Ich heiße Sie willkommen!*«

Die Realität, so wie sie sich für Bens Augen und Ohren vor einer offenen Tür ganz am Ende dieses langen und halbdunklen Flures darstellte, hätte von dem »Japan« im Lehrbuch wohl kaum weiter entfernt sein können.

»Oh, komm rein!«

Vor der Wand gegenüber dem Eingang von Andōs Zimmer stand ein kleiner Tisch. Auf dem Tisch lagen wild durcheinander Bücher und Zeitschriften. Darunter waren wissenschaftliche Bücher, bei denen Ben nicht einmal den Namen der Autoren lesen konnte, aber auch die Manga-Zeitschrift *Garo*. Illustrierte gab es ebenfalls. Teils mit ausklappbaren Doppelseiten, auf deren Vorderseite ein Maserati und auf deren Rückseite eine dem Leser ihre überdurchschnittlich großen Brüste präsentierende Westlerin abgebildet waren. An der grauen

Wand, an der ein Fechtstock für Kendō lehnte, hingen eine schwarze Studentenuniform und ein weinroter Wimpel der Waseda-Universität. Zusammen mit einem Foto des eine Militäruniform tragenden Schriftstellers, den Andō besonders gerne las, bildeten sie eine Dekoration, die irgendwie für eine heroische Atmosphäre sorgte.

Trotz des Durcheinanders vermittelte in Andōs Zimmer jeder Gegenstand für sich einen sicheren und bodenständigen Eindruck, was Ben beim Eintreten das Gefühl gab, in einem Stillleben umherzugehen. Er hatte sich immer gewundert, wie der stämmige Andō bequem in einem solch kleinen Stillleben wohnen konnte, durch das er selbst sich mit geschmeidigen Bewegungen winden musste.

Es passt einfach nicht!, dachte Ben jedes Mal, wenn er zu Besuch kam. Wenn er in Richtung von Andōs Unterkunft und von dort aus durch die Gassen und hügeligen Wege in der Umgebung der Waseda-Universität ging, dann passte die sich wie Lichtstrahlen ausbreitende Welt von Andō einfach nicht zu dem »Japan« aus den Büchern.

Nach dem Unterricht schaute Ben immer bei Andō vorbei und oft ging er in dessen Begleitung auf Entdeckungsreise durch diese neue Welt. Auch Andō schien große Freude daran zu haben, Ben diese Welt zu erschließen.

Dabei waren die Erläuterungen von Andō immer auf Japanisch. Andō, der im April jenes Jahres wegen seiner Immatrikulation an der Waseda-Universität nach Tōkyō gezogen war, sprach eh nicht so gut Englisch. Aber anders als die sich um die ausländischen Studenten scharenden Japaner hatte er überhaupt kein Interesse daran, Englisch zu lernen. Für Andō war Englisch unter dem Strich nicht mehr als eins der Fächer für die Aufnahmeprüfung der Universität. Jetzt, da er ordentlich immatrikuliert war, bemerkte er oft: »Warum muss ich als Japaner Englisch sprechen?« Auch meinte er, dass Ben Japanisch sprechen müsse, wenn er in Japan lebe. Ben antwortete in Andōs Tonfall: »Das ist doch selbstverständlich!«, allerdings war ihm diese Einstellung im Konsulat und im Internationalen Institut, also in seinem »Japan«, kein einziges Mal untergekommen.

Damals verstand Ben nur zehn bis zwanzig Prozent von dem, was Andō sagte. »Nun ja, bald wirst du mich schon verstehen«, erklärte der und sprach mit Ben – ohne sich darum zu kümmern, ob der ihn nun verstand oder nicht – im selben Tonfall und mit derselben Geschwindigkeit wie mit einem Japaner, wobei er viele Fremdwörter einstreute. Wenn sie miteinander durch die Gegend um die Waseda-Universität liefen, pickte sich Ben aus dem Strom des Japanisch, das aus Andōs Mund floss, aus diesem Strom schnell dahinfließender Wörter die wenigen heraus, die er kannte. Dann versuchte er das Gesagte irgendwie zu verstehen, indem er die Wörter in seinem Kopf zusammensetzte.

Wie ein älterer Bruder, der mit seinem taubstummen jüngeren Bruder unterwegs ist und dessen »Behinderung« tunlichst ignoriert, hatte der neunzehnjährige Andō den siebzehnjährigen Ben immer einen Schritt hinter sich im Schlepptau und sprach ganz normal mit ihm.

Ben war fasziniert, als er zum ersten Mal zusammen mit einem Japaner durch die Straßen Tōkyōs wanderte. Als er eifrig und mit großen Schritten Andōs schwarzer Uniform durch das undurchschaubare Gewirr der Gassen folgte, öffnete sich plötzlich über den beiden der Himmel. Über den geschäftig die Kreuzung an der Allee überquerenden Scharen schwarzer Uniformen wie der von Andō und Gruppen von Studentinnen, deren violette oder gemusterte Kleider sich von diesem einheitlichen Schwarz abhoben, trieben in einem stumpfen, dunklen Blau ununterbrochen schiefergraue Wolken nach Norden.

Entlang beider Seiten der breiten Allee, von der aus der weite, die Aussage »Japan ist beengt« Lügen strafende Himmel zu sehen war, setzte sich Andōs Welt fort. Dieses Gebiet erstreckte sich von der Haltestelle der hier in Richtung Kanda und Kudan abfahrenden städtischen Straßenbahn bis dahin, wo die Allee eine Anhöhe hinaufführte, in Richtung Takadanobaba abbog und dann aus dem Blickfeld verschwand.

Für Ben war es eine Welt aus japanischen Hiragana-Silbenschriftzeichen, eine Welt nur aus Lauten. Als er zu Andō meinte: »In dieser Welt spüre ich das Geheimnis«, lachte der nur. Aber die Laute der Ortsnamen, die er im Oktober jenes Jahres zum ersten Mal aus Andōs Mund hörte, waren von einer geradezu magischen Aura umgeben, noch bevor sie für ihn eine Bedeutung bekommen sollten. Sie drangen wie der allergrößte Luxus an Bens Ohr. Dieselben Ortsnamen, mit denen die Großstädter vertraut waren und Bahnhöfe, Banken, anrüchige Etablissements oder Einkaufsstraßen assoziierten, hörten sich für den in einer nur aus Lauten bestehenden Welt lebenden Ben so an wie der Klang himmlischer Anmut, als trügen sie ein Geheimnis, und manchmal klangen sie auch einfach nur lustig. »Kanda«, »Kudan«, »Takadanobaba«. Ein Rad von Ortsnamen wie der Schlüssel für das Gewirr der Großstadt. Und die Nabe war das, was Andō »meine Kreuzung« nannte.

Auf der rechten Seite des Weges, der von der Kreuzung zum Haupttor der Universität hinunterführte, lag eine Buchhandlung. Andō schaute dort oft vorbei, um im Stehen Bücher über Literatur oder Musik zu lesen. Wenn Ben auch dabei war, deutete er mit dem Finger auf jedes einzelne der dort an der Kasse stehenden neuen Bücher und brachte Ben die Namen der Autoren bei, die der nicht lesen konnte. So laut, dass sich andere Kunden nach ihnen umdrehten, verkündete er: »Das hier ist Yoshimoto Ryūmei, das ist Hani Gorō, das ist Mishima Yukio, den kennst du doch?«

Er nahm ihn auch in den Pachinko-Spielsalon an der Ecke mit, an der die von der Kreuzung in Richtung Bahnhof führende Allee die Kuppe des Hügels erreichte. Nach dem Eintreten schlängelten sie sich am Rauch der Peace- und Highlight-Zigaretten, an der heiseren, japanische Schlager singenden Stimme und an den schwarzen Rücken der Studenten und Geschäftsleute vorbei, die vor den Spielautomaten standen wie Gläubige vor einem Altar. Andō wählte seinen Automaten aus und wies auch Ben einen zu: »Ben, du nimmst den da!« Inzwischen hatte er ihm beigebracht, wie er einen Automaten auszuwählen und dabei vor allem auf den obersten Nagel zu achten hatte, und er hatte ihm auch erklärt, dass in der Hintergasse zwei Häuser vom Yakiniku-Restaurant entfernt ein Raum liege, in dem eine gelangweilt dreinblickende alte Frau sitze. Bei ihr könne man das gewonnene Ajinomoto-Glutamat oder die Meiji-Schokolade wieder in Bargeld eintauschen.

Andō hatte ihn auch einmal in das öffentliche Bad mitgenommen, das links in einer Seitengasse lag, wenn man von Andōs Zimmer auf die Allee hinausging und – statt in Richtung Pachinko-Spielsalon – ein wenig den Hügel in die andere Richtung hinauflief. Als sie durch das wie bei einem Tempel einer der sogenannten neuen Religionen hoch aufragende, die schmale Gasse dominierende Tor des Badehauses eintraten, übergab Ben beim Ausziehen der Schuhe Andō siebunddreißig Yen, und der zahlte dann der Dame auf dem Platz der Badeaufseherin insgesamt vierundsiebzig Yen für beide.

Gegen halb fünf hielten sich nur fünf oder sechs Kunden bei den Badebecken auf. Ein Junge, der sich neben einem Mann – wohl seinem Vater – wusch, betrachtete Bens weißen Körper, zog am Arm seines Vaters und zeigte mit dem Finger auf ihn. Doch er sah wieder weg, als Andō mit Ben Japanisch zu sprechen begann: »Du weißt, dass man sich außerhalb des Beckens wäscht?«

Als Andō sich in das Becken unter dem Wandbild aus den ungelenk mit der Landschaft um Atami-Onsen bemalten Kacheln gleiten ließ, folgte ihm Ben nach. Versuchsweise ließ er seine Beine in das klare, kurz nach der Öffnung heiße Wasser gleiten und verzog dann sein Gesicht. Er ignorierte Andōs »Wenn es dir zu heiß ist, dann lass es lieber!«, biss die Zähne zusammen und ließ sich wie Andō bis zum Kopf ins Wasser gleiten, wobei er eine Hitze ertrug, die ihm die Haut vom ganzen Körper abzulösen schien. Andō verfolgte mit merkwürdigem Blick Bens Verhalten, der vor dem unterhalb von Atami-Onsen wogenden, fast schon mit zu tiefblauer Farbe gemalten Meer seinen Kopf skeptisch zur Seite geneigt hatte.

Als Andō »Gehen wir raus?« meinte, gingen die beiden von den Badebecken zurück in den Umkleideraum. In dem Moment, als sie die Glastür hinter sich geschlossen hatten und den Holzboden des Umkleideraums betraten, schimmerte Andōs kräftiger Körper, der in das durch ein Fenster knapp unterhalb der hohen Decke fallende helle Licht getaucht war, wie antikes Elfenbein. Die beiden trockneten sich vor einem Spiegel ab. Ben konnte nicht umhin, seinen eigenen blassen, hageren Körper mit dem festen, schönen, der Vorstellung einer zum Leben erweckten griechischen Statue aus Elfenbein entsprechenden Körper von Andō zu vergleichen. Andōs Schultern, sein Brustkorb und seine Beine, an denen kein Gramm Fett zu viel war, wirkten in Bens Augen wie der Körper eines Mannes, auf dessen Schultern von Geburt an nur eine Kultur lastete. Andō bemerkte den die beiden gut zwanzig Kilo auseinander liegenden Körper vergleichenden Blick von Ben im Spiegel und lachte laut schallend: »Du siehst viel eher wie ein Asiate aus als ich!«

Der Himmel über der Kreuzung nahm die Farbe der Bizen-Keramik an, mit der sein Vater sein Arbeitszimmer dekorierte, und mittlerweile war es, wie Andō sagte, *banshū*, also Spätherbst geworden. Gerne hätte Ben Andō davon erzählt, wie er den Himmel dieses die Kreuzungen und hügeligen Wege in Tōkyō überspannenden *banshū* erlebte und wie ihm zum ersten Mal in seinem Leben durch das Verdienst der grauen Farbe die Augen geöffnet wurden. Aber da er sich nicht gut ausdrücken konnte, verwahrte er – wie die vielen anderen »Entdeckungen« aus jener Zeit – schließlich auch diese in seinem Herzen.

An einem kalten Tag bogen die beiden an der Kreuzung rechts ab und betraten ein am Ende der langen Mauer einer Oberschule gelegenes Café. Sie setzten sich auf die kleinen Stühle, von denen Ben beim ersten Anblick gedacht hatte, sie seien für Kinder, und wärmten sich vor dem Ölofen die Füße. Andō las eine Illustrierte und Ben ging seine Hiragana-Karten durch, während sie *Tigers* und *The Carnabeats* hörten. Auf der Vorderseite der Hiragana-Karten standen jeweils eines der Silbenschriftzeichen sowie drei Wörter, in denen es vorkam, auf der Rückseite waren die Aussprache in lateinischen Buchstaben und die Bedeutungen vermerkt. Vier japanische Schüler am Nebentisch, die zuvor in ihre Englischbücher vertieft gewesen waren, beobachteten staunend, wie Ben eine Karte umdrehte, *na, naka, natsu* und *namae* vor sich hinsprach und dann in einem Heft notierte.

Wenn er Hiragana schrieb, dann verspürte Ben auch selbst ein komisches Gefühl. An dem Tag, als er – damals wohl acht oder neun Jahre alt – in dem Haus in Taizhong ein vom ehemaligen Eigentümer in einer Ecke der Schmucknische zurückgelassenes Buch aufhob und dabei entdeckte, dass zwischen den beeindruckenden chinesischen Schriftzeichen wie ein unproportionierter Fremdkörper das Silbenschriftzeichen *no* eingezwängt war, hatte Ben zum ersten Mal bewusst die japanische Sprache wahrgenommen. Als er das staubbedeckte Buch zu seinem Vater ins Schlafzimmer brachte, meinte der dazu: »Das? Das ist Japanisch!« Er war nicht sonderlich erfreut darüber, dass Ben solche Dinge ausgegraben hatte.

Wenn er sich heute beim Japanischlernen in einem Café in Tōkyō an »Das? Das ist Japanisch!« erinnerte, dann schien der verächtliche Tonfall von damals widerzuspiegeln, dass es sich in den Augen seines Vaters bei einem *no* um etwas Fragwürdiges und Unmännliches handelte – ganz im Gegensatz zu den chinesischen Schriftzeichen, die für eine Welt der Logik standen. Dahinter stand sicher die Auffassung, dass ein *no* ganz kaltblütig die Symmetrie der Logik durcheinander brachte und der Ausdruck einer den Sinneseindrücken unterworfenen Kultur war, wodurch folglich das Erlernen der chinesischen Sprache viel rechtschaffener war. Ben konnte sich an keine weiteren Einzelheiten aus dem damaligen Gespräch mit seinem Vater erinnern. Er hatte jedoch noch nicht vergessen, wie er schweigend das Schlafzimmer seines Vaters verlassen und mit diesem Buch in den Händen auf der Veranda gesessen hatte. Ihm war im Gedächtnis geblieben, dass ihm eine ganze

Zeit lang die Erinnerung nachging, wie ihn die Hiragana-Silbenschriftzeichen verzaubert hatten. Während er die Geräusche der im Teich umherschwimmenden Karpfen vernahm, flatterten auf den vergilbten Seiten von rechts nach links ein *no* und ein *ha*, ein *mu* und ein *ye* wie Schmetterlinge durch einen Wald aus chinesischen Schriftzeichen.

Aus dem Lautsprecher ertönte *Tiefrote Sonne* von Misora Hibari. Ben nahm die Karte mit *nu* auf. *Na* und *ni* konnte er gut schreiben, aber egal, welche Mühe er sich auch gab, das *nu* gelang ihm nicht so wie es auf der Karte stand. Als er Andō die Karte zeigte, legte der die Illustrierte weg, nahm Bens Hand und malte mit dem Zeigefinger *nu* auf die pfirsichfarbene Handfläche. Er zog diese komplizierten Linien drei- oder viermal nach.

Die Schüler am Nebentisch beobachteten still, wie Andō die Schriftzeichen auf Bens Handfläche malte. Einer von ihnen – es war kaum zu hören – flüsterte auf Englisch etwas und sie schienen sich über Ben lustig zu machen. Seine drei Freunde brachen in dem engen Café in Gelächter aus.

Ben zog seine Hand von Andōs fort und fragte: »Was hat er gesagt?«

Andō machte ein verlegenes Gesicht und errötete.

»Was hat der gerade über mich gesagt?«

Andō hielt die Hand vor den Mund, um ein Lachen zu unterdrücken, und flüsterte dann leise: »Helen Keller.«

An den Tagen, an denen sie nicht ins Café gingen, bogen die beiden an der Kreuzung links ab, durchquerten den auf allen Seiten von Wänden der Universitätshörsäle umgebenen Innenhof und stiegen ins Untergeschoss des Hörsaals hinunter, dessen Betonwand in knallroter Farbe mit einem Spruch beschmiert war. Wenn sie die Mensa im Untergeschoss betraten, dann war es Andō, der die Speisen aussuchte. Andōs Frage »Ist Hayashi-Reis in Ordnung?«, stimmte Ben fast unbewusst zu. »Sicher.« Als er es Andō gleichtat und am Schalter für Essensmarken sechzig Yen bezahlte, erhielt er nach einem kurzen Moment einen Teller, auf dem ein ihm unbekanntes, braunes, sowohl aus festen Bestandteilen als auch Flüssigkeit bestehendes Etwas aufgehäuft war. Auch nach dem Essen hielt er es wie Andō und gewöhnte sich in dieser Zeit an, Wakaba zu rauchen.

Die beiden stießen eines Tages zufällig auf eine Studentenversammlung, als sie aus der Mensa im Untergeschoss in den Innenhof traten. Um ein Feuer, in dem sie kaputte, mit Parolen beschriebene Tafeln verbrannten, standen etwa dreißig Studenten mit weißen Helmen. Vom auf allen Seiten von Betonmauern begrenzten Innenhof stieg die dünne Rauchsäule des Feuers in den quadratischen Himmel der sich abzeichnenden Abenddämmerung und löste sich dann auf. Als Andō und Ben sich näherten, drehten sich zwei, drei der am Rand der Versammlung stehenden Leute zu ihnen um und starrten sie mit ihren verwunderten, über die Masken hinausschauenden Augen an. Als sie noch etwa drei Meter von der Versammlung entfernt waren, bedeutete ihm Andō stehen zu bleiben.

Einer aus der Versammlung erhob plötzlich mit leidenschaftlichem Ton seine Stimme und begann »Wacht auf!« zu singen. Sofort stimmten die anderen dreißig ein.

Wacht auf, Verdammte dieser Erde,
die stets man noch zum Hungern zwingt!

Ben verstand den auf Japanisch gesungenen Text nicht. Doch aufgrund der angespannten Atmosphäre und der Energie des Chores spürte er, dass irgendetwas Wichtiges in diesem Lied lag. Von ihrem durch das Zusammentreffen in der Kälte und den lauten Gesang erzeugten Ausdruck verbreitete sich eher Seligkeit als Zorn. Eine Abfolge für ihn vollkommen unverständlicher Laute hallte von den vier Wänden des Innenhofes wider.

Das Recht wie Glut im Kraterherde
nun mit Macht zum Durchbruch dringt.

»Lass uns gehen!«, meinte Andō und zog Ben, der vom Glanz der weißen Helme im flackernden Feuerschein und dem Ernst der schwarzen Pupillen fasziniert war, am Ärmel seiner Jacke weiter.

Die beiden verließen den Innenhof.

Als sie die Allee erreichten, sagte Andō: »Das war der Zengakuren.«

Für Ben hörte es sich an wie »Das war der Zen Ga Ku Ren.«

Sowohl der hinter ihnen immer leiser werdende Chorgesang als auch Andōs Erklärungen ergaben für Ben überhaupt keinen Sinn.

Ben sah Andō geistesabwesend an. Andō murmelte nur: »Damit habe ich nichts zu schaffen«, ging unter den kahlen, dicken Ästen der Alleebäume hindurch und lief in eine Richtung, in der Ben sich nicht auskannte. Obwohl er ihm folgte, spürte Ben die Distanz zwischen sich und Andōs Welt. Wenn die Worte von Andō, der ganz in der japanischen Sprache beheimatet war, bei ihm nur als einzelne japanische Laute ankamen, fühlte Ben sich, als ob er am Flussufer entlangginge und dem dahinströmenden Wasser vergeblich folgte. Ben war ein taubstummes Kind, das ein aus Worten bestehendes Wasser nicht schöpfen konnte.

Andō lief schweigend mit schnellen Schritten weiter die Allee entlang. Auch Ben beschleunigte seine Schritte, da er Angst bekam, Andōs Gestalt in der Studentenuniform könne mit der Abenddämmerung verschmelzen und unsichtbar werden. Wie weit Andō denn noch laufen wolle, fragte sich Ben und wurde plötzlich von der Furcht eines Kindes befallen, das sich nachts in der Großstadt eines fremden Landes verirrt hat.

Hinter einer Sporthalle am Fuße einer Anhöhe, von der aus man den Campus überblicken konnte, blieb Andō stehen. Als er sich umdrehte, war in seinem Gesicht kein Zeichen einer bösen Absicht zu erkennen.

»Na, Ben?«

Aus der Sporthalle waren die schrillen Kommandos einer Kendō-Gruppe und das Krachen aufeinanderschlagender Bambusschwerter zu hören. Andō wies auf einen schmalen, geteerten Pfad, der von der an der Sporthalle entlangführenden Allee abzweigte. Mit einer Stimme, als würde er Ben ein großes Geheimnis anvertrauen, ja eher noch eine Offenbarung machen, sagte er: »Das hier, das ist die Abkürzung nach Shinjuku!«

Der schmale Pfad, dessen Ränder von Unkraut überwuchert waren, wand sich von der Rückseite der Sporthalle zu den einigen Dutzend Apartmentblocks oben auf der Anhöhe hinauf.

»Demnächst nehme ich dich mal mit nach Shinjuku!«

Als Andō den Ortsnamen »Shinjuku« aussprach, entnahm Ben seiner Stimme eine Unruhe, die ihr früher beim Einüben der vielen anderen Ortsnamen gefehlt hatte. Der zwei Jahre jüngere Ben spürte an dieser Unruhe, dass »Shinjuku« für den neunzehnjährigen Andō ein Ort von großer Anziehungskraft sein musste, die vielleicht nicht einmal er selbst erklären konnte.

Hunderte Fenster in den Apartmentblocks, die eine Seite der Anhöhe einnahmen, reflektierten gleichzeitig die Abendsonne. Ob das die Abendsonne von Shinjuku war? Eine in der Großstadt aufragende Hügelkuppe, hinter der sich wie eine weitere die leuchtende Großstadt Shinjuku verbarg.

Eine Erinnerung tauchte vor Bens geistigem Auge auf. Eine noch frische Erinnerung vom Morgen dieses Tages. Auf dem Weg zur Universität fuhr er mit der Bahn. Er befand sich zusammen mit den Menschenmassen Tōkyōs in einer Wolke aus Parfüm, Pomade und

Schweiß. Als die Bahn ihre Geschwindigkeit verringerte, zog vor Ben, der gegen das Fenster gepresst wurde, ein Bahnhofsschild nach dem anderen vorbei. Sie waren wie tiefblaue Teiche, auf denen weiße Hiragana-Silbenschriftzeichen trieben. Als ob sie Ben dazu anstiften wollten, sie zu wiederholen, trug ein jedes Schild dieselbe Botschaft:

»Shinjuku«, »Shinjuku«, »Shinjuku«, »Shinjuku«, »Shinjuku«

Bald darauf öffneten sich die Türen und die Menschenmassen wurden herausgedrängt. Ben, der im Waggon zurückgeblieben war, war von dem heißen Wunsch besessen, mit diesen Massen auszusteigen, in ihnen auf- und mit ihnen mitzugehen.

»Shinjuku« … Die leichte Wärme des Spätherbstes, Japans, der Großstadt, des Graus. Ben bemerkte, dass er sich nicht einfach unter die Massen mischen konnte, und wegen dieser bisher noch nie erfahrenen, einer Vorahnung ähnlichen Leere wurde ihm kalt ums Herz. Diese Leere verweilte nur einen Augenblick, dann wurde er von den neuen hereinströmenden Massen verschluckt.

Aber dieser Moment der Leere brachte für Ben auch eine Freude mit sich, an die er sich jetzt erinnerte. Er sah Andō direkt an und meinte: »Ich kenne Shinjuku auch!«

Andō lächelte nur. Es war ein undefinierbares Lächeln, so als hätte er etwas wie »Klar, kennst du das!« sagen wollen.

Ben genoss eine stille, tiefempfundene Dankbarkeit. Andō, der Zufriedenheit darüber verspürte, jemanden wie ein großherziger Lehrer an unbekannte Orte zu führen und seine Kenntnisse weiterzugeben, hatte ihn absichtlich bis zu dem von Unkraut überwucherten, schmalen Asphaltweg in dieser Ecke der Großstadt geführt, um sein kostbarstes Wissen zu teilen.

Zu diesem Zeitpunkt, gerade als er auf eine Reaktion von Andō wartete, entstand in Bens Kopf ein außergewöhnlicher, ihn selbst überraschender Gedanke.

Dieselbe tiefempfundene Dankbarkeit, die er selbst gerade auskostete, hatte sicherlich auch Helen Keller genossen.

Das taubstumme Mädchen, das Dinge nicht sehen und Töne nicht hören konnte, nichts wusste, nichts wissen konnte und in Dunkelheit lebte, war für die Menschen in seiner Umgebung, ja selbst für seine Familie eine »Ausländerin«.

Und dann begriff das taubstumme und blinde Mädchen, auf dessen Handfläche von einer großherzigen, genialen Lehrerin »Wasser« buchstabiert worden war, ganz plötzlich, dass das, was über ihre Hand strömte, kühles Wasser war. Bestimmt hatte Helen in diesem Augenblick durch das Verstehen von »Wasser« zum ersten Mal schockiert festgestellt, überhaupt auf der Welt zu sein, wirklich zu existieren.

Das lächelnde, runde Gesicht Andōs meinte bestimmt: »Klar, das kennst du doch. Sicher kennst du das auch.«

Die hinter Andō verlaufende Kammlinie des Hügels wurde durch die Lichter von Shinjuku von einem dünnen Streifen Helligkeit, wie der eines weit entfernt stattfindenden Festes, überzogen.

Nach der absoluten Gewissheit, nichts zu wissen, nichts wissen zu können, nun die japanische Großstadt, die einen Fremden aufnahm. Ben, der in dieser Großstadt umherirrte, wusste jetzt zum ersten Mal eines ganz sicher: »Ich kenne Shinjuku auch!«

Eine unschuldige Freude durchdrang Bens ganzen Körper, als sei sein Durst plötzlich mit kühlem Wasser gelöscht worden. Im Gegensatz zu Helen konnte er Töne klar und deutlich hören, und daher überkam ihn eine weitere Vorahnung. Das würde es ihm erlauben, irgendwann selbst am Leben in dieser Großstadt, hinter deren Tönen sich nur »Geheimnisse« verbargen, teilzuhaben.

Dort, wo die Allee in einen Anstieg überging, stand ein Schrein, an dessen steinernem Treppenaufgang eine Polizeistation lag. Dort trennten sich Andō und Ben. Da Ben vor dem Abend nach Hause zurückkehren musste, war für ihn nun die Zeit gekommen, zu der »sein Japan« für diesen Tag allmählich dem Ende zuging. Er mischte sich unter die Menge und machte sich auf der Allee in Richtung Bahnhof auf. Wie die Obdachlosen vor dem Bahnhof, die auf dem Gehsteig verstreute Zigarettenkippen und Fünf-Yen-Stücke aufsammelten, so sammelte Ben unterwegs die aus dem Munde der Japaner erklingenden Wortfetzen. Dann kehrte er mit seinem Kleingeld aus Japanisch, das er in der Geldbörse seines Herzens verwahrte, in die Welt aus Marmor zurück, die zwar in Japan lag, aber doch von Japan ausgeschlossen war. Spätabends in seinem Schlafzimmer im ersten

Stock des Konsulats rief er sich – so wie jemand alte Münzen aus einem traumhaften Kaiserreich eine nach der anderen ans Licht hielt – jedes einzelne Wort der Japaner zurück ins Gedächtnis und versuchte verzweifelt, sie sich einzuprägen.

5

Jenseits der unbelaubten Bäume im Park konnte Ben durch das Panoramafenster hinter seinem Vater die Schornsteine der Passagierschiffe ausmachen, die zu beiden Seiten des südlichen Piers vor Anker lagen. Der Schornstein der *President Wilson*, auf den ein großer Adler gemalt war, und der Schornstein der *Khabarovsk*, auf dem Hammer und Sichel prangten, fanden sich plötzlich einander in der Abenddämmerung gegenüber und starrten sich an.

Auf dem Tisch in der Mitte des Esszimmers standen direkt unter dem weichen Licht der Kerzenleuchter vier tiefe silberne Schalen, in denen milchweiße Nudelteigtaschen mit Füllung schwammen. Von seinem schweren Stuhl, der aus demselben Eichenholz wie der Esstisch gefertigt war, beobachtete Ben aus dem Augenwinkel die Hafenszenerie vor dem Fenster. Jedes Mal, wenn von der Hafenmole das Signalhorn eines Frachtschiffes ertönte, wurde Jeffrey, der Ben gegenüber saß, von einem Heiterkeitsausbruch erfasst. Er rief dann laut zu Guì-Lán, die sich ans Ende der langen, auch für Bankette im Konsulat genutzten Tafel gesetzt hatte: »Das Schiff hat gepupst!«

Obwohl Guì-Lán ihm bedeutete, still zu sein, gehorchte er nicht und rief noch lauter: »Mama, das Schiff hat gepupst!«

Als Guì-Lán, die ihr Lachen nicht mehr unterdrücken konnte, den Ausdruck im Gesicht des am Kopfende sitzenden Vaters sah, sagte der in einem Tonfall, der dem Treiben ein Ende bereitete: »Es reicht!«

Jeffrey war sofort still.

Abgesehen von Jeffreys Heiterkeitsausbrüchen verliefen die Abendessen im Konsulat ruhig. An den Abenden, an denen keine Gäste kamen und die japanischen Köche nicht gebraucht wurden, bereitete Guì-Lán selbst gefüllte Nudelteigtaschen in Brühe oder gedämpfte Hefeteigkugeln mit Fleischfüllung zu, und die vier Personen saßen weit voneinander entfernt und schweigend an einem Tisch, der Platz für sechzehn Personen bot. Bei Empfängen oder Gartenfesten des Konsulats war der Vater für seine scharfe Ironie bekannt (die WASPs im Konsulat bezeichneten das als »Brooklyn-Humor«), aber bei seiner Familie brachte er kaum den Mund auf. Oft kam es vor, dass er mit Guì-Lán während des Abendessens nicht mehr als zwei, drei Worte im Shanghaier Dialekt wechselte.

Besonders während der ersten drei Novemberwochen fiel sein Vater gegenüber Ben, der von Tag zu Tag später aus Tōkyō heimgekehrt war, leicht in ein mürrisches Schweigen. Hin und wieder ignorierte er die ganze Familie, griff zu einem Bericht des Außenministeriums mit dem Titel *Vietnam: Victory this Year*, der zusammen mit seiner Pfeife neben seinem Teller gelegen hatte, und vertiefte sich mit verärgerter Miene darin.

Der Grund für die Verärgerung seines Vaters schien nicht allein im Zuspätkommen zu liegen. Sein Vater war darüber verwundert, dass Ben sich nach dem Essen im Speisezimmer allein in sein Zimmer zurückzog. Wenn er das Radio in seinem Schlafzimmer von FEN auf einen Sender umschaltete, auf dem japanischer Pop-Rock, Schlager und für jeden in der Familie Isaac völlig unverständliche Witze liefen, dann hatte ihn sein im Arbeitszimmer nebenan Berichte lesender Vater schon mehrfach mit ungeduldiger Stimme ermahnt. Kam sein Vater wegen einer Ermahnung herüber, dann war der mit angespanntem und blassem Gesicht über den Tisch gebeugte Ben wie wahnsinnig dabei, Papier und Notizbücher mit Katakana- und Hiragana-Silbenschriftzeichen sowie ungelenken chinesischen Schriftzeichen, deren Schreibweise er gerade zu lernen begonnen hatte, zu füllen. Auf einer Seite des Tisches lagen zwei mit Fingerabdrücken verschmutzte Bücher in englischer Übersetzung. Eines trug den Titel *Kokoro*, der des anderen lautete *The Temple of the Golden Pavilion*. Es kam vor, dass Ben am Schreibtisch saß und für Stunden sein Zimmer nicht verließ.

Als eines Abends sein Vater zur Tür hereinschaute, murmelte er: »Du siehst aus wie so ein buddhistischer Japs-Mönch, der in einem Tempel Sutren abschreibt!« Der über den Tisch gebeugte Ben reagierte darauf überhaupt nicht. Hinter seinem hageren Rücken ertönte es diesmal mit lauterer Stimme: »Du glaubst doch nicht etwa, dass du so zu einem Japaner werden kannst?«

Ben schrieb mit sicherer Hand weiter schweigend seine Spalten von Schriftzeichen, doch es lief ein leichter Schauer über seinen Rücken.

»Auch wenn du das da in Tōkyō lernst, hast du damit das japanische Wesen noch lange nicht verstanden!«

Ben war sehr erstaunt, als sein sonst so einsilbiger Vater fortfuhr.

»Selbst wenn du deren Sprache hier noch so gut sprechen kannst, wird es in ihren Augen nicht ausreichen. Du wirst genau so sein wie ich, und ich habe nie daran gedacht, diese Sprache zu lernen. Und selbst wenn du dich auf den Platz vor dem kaiserlichen Palast stellst, in perfektem Japanisch ›Lang lebe der Kaiser!‹ rufst und dir den Bauch aufschlitzt – du wirst nie einer von denen werden!«, sagte sein Vater und zog leise die Tür zu.

Bens Zuspätkommen ging weiter. Einmal vermochte er Tōkyō nicht zu verlassen, bevor die Sonne unterging, die hin und wieder über der Kreuzung zu sehen war, an der er zusammen mit Andō vorbeigekommen war. Er stieg erst vor dem Konsulat in der Yamashita-Kōen-Straße aus dem Bus, als die Straßenlaternen bereits brannten. Als er dann das Esszimmer betrat, in dem die drei anderen schon fast mit dem Essen fertig waren, hob der am Kopfende sitzende Vater langsam seinen Blick.

»Wenn es dir hier so wenig gefällt, dann schicke ich dich eben weg.«

Als ihm sein Vater androhte, ihn »wegzuschicken«, kam ihm Andōs Welt in den Sinn, in der er noch vor kaum einer Stunde unterwegs gewesen war.

Ben sah seinen Vater direkt an, spürte dann aber, dass sein Vater mit »wegschicken« meinte, ihn nach Amerika zurückschicken. Schweigend schaute er aus dem Panoramafenster, als suchte er in den blinkenden Lichtern des Hafens hinter seinem Vater etwas.

Die ganze Hafenmole jenseits des Parks war voller ausländischer Schiffe. Amerikanische Schiffe, russische Schiffe. Ben erinnerte sich daran, dass Andō einmal gefragt hatte: »Von da, wo dein Vater wohnt, kann man da viele *gaikokusen*, viele ausländische Schiffe sehen?« Und jetzt fiel ihm auf, dass er den Hafen auch selbst ganz unbewusst in japanischer Sprache betrachtete. *Gaikokusen*, Schiffe aus fremden Ländern, Schiffe aus dem Ausland. Schiffe, die Leute von außerhalb, Ausländer, seinen Vater hergebracht hatten. Schwarze Schiffe, Handelsschiffe, Kriegsschiffe, die Holländer, Portugiesen, Amerikaner, Rothaarige, Blauäugige, Schwarze und Juden, Ausländer verschiedenster Couleur hergebracht hatten. Schließlich auch ihn selbst. Und ich ... Nein, es ist anders, ich ... Auch ich bin auf einem solchen Schiff gekommen, aber bei mir ist es doch ganz anders! Der Aufschrei, dass er nicht wusste, wem er sich zuwenden und in welche Sprache er übersetzen sollte, blieb ihm im Halse stecken. Von den großen graublauen Augen seines Vaters, die im Rahmen des Panoramafensters leuchteten und nach einer Ben nicht möglichen Antwort forschten, wandte er seine Augen, die dieselbe Farbe hatten, ab und langte mit den Stäbchen in eine der tiefen silbernen Schalen.

Als er bemerkte, dass Ben nichts entgegnete, sprach sein Vater auch mit keinem anderen mehr. Auch Ben schwieg und begann, die übriggebliebenen Teigtaschen in Brühe in sich hineinzustopfen. Es lag ein noch bedrückenderes Schweigen als sonst über dem Esszimmer. Wie ein Grau, das wiederum von einem Schwarz verschlungen wird, wurden die Konturen der Bäume im Park vom Nachthimmel über dem Hafen aufgesogen. Nur die Positionsleuchten der Frachtschiffe und die Beleuchtung der in der Ferne am Kai stehenden Lagerhäuser strahlten hell. Guì-Lán wartete, bis Ben mit dem Essen fertig war, und gerade als sie sich anschickte, die letzte silberne Schale wegzuräumen, erscholl plötzlich von der Yamashita-Kōen-Straße kommend im Esszimmer ein »Kiii!«, das durch die dicke Glasscheibe des Panoramafensters drang. Bei diesem Ton handelte es sich weder um den Schrei einer Frau noch um die quietschenden Bremsen eines Wagens.

Der Vater sprang auf und rief: »Licht aus!«

Alle standen auf und löschten nacheinander die Kerzenleuchter im Ess- und die Stehlampe im Wohnzimmer, an dessen Fenster sie dann eilten. Im strahlenden Schein der an den vier Ecken im Vorgarten des Konsulats installierten Flutlichter flatterte das Sternenbanner und jenseits davon besetzte eine Gruppe von etwa hundert Menschen den gegenüberliegenden Gehsteig des Boulevards. Eine Person in der vorderen Reihe der Gruppe brüllte »Yankee!« in ein Megaphon, und die hundert anderen antworteten wie bei einem Wechselgesang mit ernster Stimme »Go home!«. Auf dem Gehweg vor dem Konsulat wurden Marineinfanteristen und japanische Polizisten zusammengezogen. Die Stimme der Demonstranten trug tief und anhaltend wie ein sich wiederholendes Dröhnen aus dem Erdinneren über die Straße.

»Yankee!«

»Go home!«

»Nicht sonderlich beeindruckend«, flüsterte Guì-Lán seinem Vater ins Ohr.

Sein Vater, der sein Gesicht an die Fensterscheibe gepresst hatte, besah sich die Demonstranten mit halb geschlossenen Augen und murmelte: »Nun, es sind halt nur die von der Yoyogi-Gruppe.«

Ben kannte kaum den Unterschied zwischen der kommunistischen Yoyogi-Faktion und der Anti-Yoyogi-Faktion, wie es sein Vater ausdrückte. Aber da die Menschenansammlung auf dem Gehweg weder mit Helmen noch mit Masken oder Schlagstöcken ausgerüstet war, ergab sich ein absolut anderer Eindruck im Vergleich zu jenen Studenten, die im Innenhof der Universität voller Inbrunst gesungen hatten. Vielleicht war es ja eine Gewerkschaft aus der Stadt, jedenfalls waren es viele Erwachsene. Darunter waren auch Männer im mittleren Alter, die knallrote Stirnbänder um die Köpfe geschlungen hatten. Ihre Köpfe waren annähernd so kahl wie der seines Vaters. Von der ernsten Gruppe, der es aber irgendwie an Einsatz mangelte, ging eher eine Bedrückung als eine Bedrohung aus.

Die Demonstranten antworteten alle paar Sekunden im Chor und ihre Beschwörungsformel, die sie in tiefem Ton Richtung Konsulat ausschickten, hallte von den hohen Wänden des stockfinsteren Wohnzimmers wider.

»Go home!«

»Go home« … »Geh zurück in dein Vaterland!«, »Geh zurück nach Hause!«, »Geh zurück in deine Heimat!« Ist dieses in jeder asiatischen Hafenstadt zu hörende naive

Gebrüll nicht der allergrößte Hohn gegenüber den Amerikanern in Asien, dachte Ben, während er auf die Yamashita-Kōen-Straße blickte. Mit den Europäern, die oft zu den Banketten im Konsulat erschienen, verhielt es sich wohl anders. Franzosen oder Italiener würden das Gebrüll sicherlich mit einem schulterzuckenden Lachen abtun: »Ja ja, demnächst gehen wir ja zurück! Ciao, au revoir, sayōnara!« Aber die Amerikaner sind nun einmal deshalb Amerikaner, weil sie ihr eigentliches Zuhause aufgegeben haben oder von dort vertrieben worden sind. Und für die Amerikaner, die es noch dazu in ihrem Amerika nicht mehr aushalten konnten und sich nun an einer asiatischen Hafenstadt festklammerten, bedeutete »Go home!«, dass sie auf dem Weg kehrtmachen sollten, auf dem sie bis hierher geflohen waren. Es hieß, dass sie jenen Weg zurückgehen sollten, auf dem sie heimlich wie die Diebe geflohen waren, nachdem sie ihr Zuhause aufgegeben und die zusammengerafften Familienschätze im Saum ihrer Kleidung versteckt hatten. Gerade die vier am Fenster des Konsulats Versammelten, die alle den Familiennamen Isaac trugen, wohin würden sie denn überhaupt gehen können, wenn man ihnen befahl: »Go home!«? Nach Brooklyn? Nach Shanghai? Oder aber ins verheißene Jerusalem? Ben erinnerte sich an die »Zuhause«, in die er von seiner Kindheit bis jetzt verschleppt worden war. An das Haus seines Vaters und seiner Mutter in Asien, an das Haus seiner Mutter in Virginia, an das Haus seines Vaters, in dem ihm jetzt ein »Geh weg!« entgegengeschleudert wurde. Er lenkte seinen Blick von den nun ihre Fäuste erhebenden Demonstranten auf den Vater, die Stiefmutter und den kleinen Halbbruder, die aus dem Dunkel zu ihnen hinunterblickten. Die riefen »Yankee, go home!« zu Yankees, die eher einem zusammengewürfelten Haufen Auswanderer als einer Familie glichen und die gar kein Zuhause hatten.

In einer Geschwindigkeit, als gelte es eine Formalität zu Ende zu bringen, rollten auf ein Zeichen ihres Anführers in der ersten Reihe die ihre Fäuste ballenden und rufenden Demonstranten ihre roten Fahnen ein, verstauten sie zusammen mit dem Megaphon auf einem Kleinlaster und zogen dann friedlich ab. Auch die auf der Straßenseite vor dem Konsulat stehenden Polizisten stiegen in ihre Streifenwagen und verschwanden. Nachdem sich die Marineinfanteristen hinter den Eisenzaun zurückgezogen hatten, wurde es auf der Yamashita-Kōen-Straße plötzlich still. Sowohl die Japaner, die das Konsulat beschimpft hatten, als auch die Japaner, die das Konsulat verteidigt hatten, kehrten in ihr jeweiliges Zuhause zurück.

Außer dem Zimmer von Andō kannte Ben keine Wohnungen von Japanern. Aber in dem kurzen Moment, bis im Konsulat die Stehlampen und Kerzenleuchter wieder brannten, schien er über ihre Häuser, die Häuser der Verschwundenen, jedes Detail zu wissen. Zweistöckige, mit Mörtel verputzte Häuser, die eng an eng an beiden Ufern der in den Hafen mündenden Kanäle standen. Apartmentblocks, die mit hundert Reihen von Lichtern dicht an dicht dort errichtet wurden, wo es keine Lagerhäuser, Fabriken und Einkaufsstraßen mehr gab. Die kleinen Holzhäuser, die sich an den Fuß des Yamate-Viertels klammerten, in dem auch der Ausländerfriedhof lag. Ihre Häuser, wo hinter blinden Fensterscheiben ein Fremde ausschließendes Familienglück bewahrt wurde, fokussierten eines nach dem anderen zu scharfen Bildern. Während er den breiten Gehsteig der Yamashita-Kōen-Straße betrachtete, unter deren Straßenlaternen keine Menschenseele mehr zu sehen war, wurde Ben von einem heftigen Neid auf sie befallen.

Als das Licht wieder anging, kehrte Ben einfach in sein Zimmer zurück. Auf seinem Schreibtisch lagen verstreut Zettel, auf die flüchtig vertikale Kolonnen von Schriftzeichen geschrieben waren. Die Lamellenjalousie vor dem Fenster neben dem Tisch war ganz hochgezogen. Das flatternde Sternenbanner füllte das Fenster vollständig aus. Ben erinnerte sich an das Sternenbanner, das vor vier Jahren ebenfalls Ende November von Flutlicht angestrahlt worden war. Es war an dem Tag, als er vom Haus seiner Mutter aus losgegangen war, dann auf seinem Weg auf Zigtausend andere Menschen traf und mit ihnen auf einen Hügel stieg. Am Hang dieses Hügels leuchtete das frische Grab des einem Attentat zum Opfer gefallenen Präsidenten. Das ereignete sich 1963, und Ben war dreizehn Jahre alt. Auf dem Rückweg zum nur zwei Meilen vom Friedhof Arlington entfernt liegenden Haus seiner Mutter lief in jedem Haus der Fernseher. Auch Ben schaltete den großen Schwarzweißfernseher an, der den beengten Salon im Erdgeschoss dominierte. Bis tief in die Nacht war auf allen Kanälen das leuchtend helle Flutlicht zu sehen.

Das Sternenbanner vor dem Fenster flatterte so laut wie ein Segel, das sich im Wind bläht. Ben wandte seinen Blick vom Fenster ab und nahm die auf dem Tisch verstreuten Zettel mit dem Japanisch in die Hand. Ihm schien, als ob er in einer neuen Sprache wiedergeboren würde und sich ihm jedes Geheimnis erschlösse, wenn er erst mal in der Lage wäre, die von oben nach unten geschriebenen Bruchstücke aus Schriftzeichen miteinander zu kombinieren.

An diesem Abend kam sein Vater nicht, um ihm irgendetwas mitzuteilen. Von draußen vor der Tür seines Zimmers konnte er hören, dass Jeffrey wieder ausgelassen war und abwechselnd auf Englisch und Chinesisch plapperte. Als nach einer Weile das Gerede des Jungen abbrach, war zu hören, wie die Schritte seines Vaters und die von Guì-Lán das Arbeitszimmer nebenan durchquerten und dann aus der Richtung des dahinter liegenden Schlafzimmers leise verklangen. Im ganzen Gebäude brannte nur noch in Bens Zimmer und auf dem Treppenabsatz Licht.

Im Sommer wäre es jetzt die Zeit gewesen, die Marmorstufen hinaufzusteigen und auf das Dach hinauszugehen.

Vom Vorgarten drang eine Stimme herauf, die Englisch mit Akzent sprach. Der japanische Wächter für die Nachtwache tauschte mit den Marineinfanteristen zum Schichtwechsel ein paar Grüße aus. Die Marineinfanteristen, die schneeweiße Handschuhe trugen, näherten sich bis fast unter das Fenster. Vor dem Fahnenmast machten sie Halt und salutierten. Das Sternenbanner sank langsam die Fahnenstange hinunter. Kurz bevor es den Boden berührte, wurde es von schneeweißen Händen aufgenommen. Die Flutlichter erloschen, im Vorgarten wurde es stockdunkel. Ben entschloss sich dazu, das Haus seines Vaters zu verlassen.

Diese Nacht hin zu Andōs Zimmer. Er ahnte, dass es dann am nächsten Tag irgendwo anders hingehen würde.

Die von seinem Taschengeld für November noch übrig gebliebenen 3 000 Yen sowie den Ausweis mit dem Adlerstempel auf seinem Gesicht steckte er in seine Hosentasche und betrat dann das Arbeitszimmer seines Vaters. Er öffnete die Tür, die vom Arbeitszimmer auf den Treppenabsatz hinausführte.

In der Dunkelheit funkelten alle ostasiatischen Antiquitäten, die sein Vater anstelle von Gottheiten in die Bücherregale gestellt hatte, gleichzeitig.

6

Als er der alten Frau mit dem ausdruckslosen Gesicht drei Münzen zu zehn Yen und zwei zu fünf Yen übergab, reichte sie ihm ohne aufzuschauen eine Flasche heiße Milch über den Tresen. Der Inhalt der Flasche, die er mit einem Zug leerte, strömte mit der Energie eines Wasserschwalls in seinen Bauch und seine Eingeweide. An diesem Morgen verließ Ben den Bahnhof Shinjuku durch den Südausgang, wobei er einen Brechreiz unterdrückte.

Er sah von der breiten Fußgängerüberführung vor dem Ausgang nach oben. Der ganze Himmel schien schiefergrau, als ob eine schwere Decke über dem verwaschenen Bild der Morgendämmerung läge.

Gleise, die sich bis jenseits des Himmels zu erstrecken schienen. Aber die auf beiden Seiten chaotisch dicht besiedelten Gleise verschwanden nur unter Dächern und Antennen, die einen sägezahnartigen Horizont malten. Der Wind pfiff um die Kästen ausgeschalteter, nun ihren Rost zeigender Neonlichter und die scheußlichen, im dumpfen Morgenlicht seltsam reizlos wirkenden Reklametafeln.

Das war nicht der Großstadtwind, den Ben bisher gekannt hatte. Es war eher ein heftiger, reiner Wind, der vermuten ließ, dass es der durch die tiefen Gebirge hoch im Norden oder die abgeernteten Felder brausende kalte Spätherbstwind war. Zwischen den farblosen Mietshäusern und den grellen Lokalen wurde er rau, heulte auf, wohl um den Schmutz der Nacht hinwegzublasen, der sich geräuschlos über die Menschen dieser Stadt gelegt hatte. Ben dagegen empfand den Wind, der kalt über seine Hände und seinen Nacken fuhr, einfach als frisch und angenehm. Als er über die Fußgängerüberführung ging, konnte er die Ermahnung seines Vaters hören: »Vor allem nicht an Orte wie Shinjuku!«

Endlich bin ich ausgestiegen, zusammen mit allen anderen ausgestiegen! Dieser Gedanke ging Ben auf Japanisch durch den Kopf. Er drehte sich zum Ausgang um und unbewusst lächelte er wie ein Straßenjunge, dem gerade eine kleine Gaunerei geglückt war und der sich nun selbst feierte. Von einem Gefühl der Solidarität mit den auch im selben Shinjuku ausgestiegenen Leuten und von einer heftigen, sie betreffenden Wissbegierde getrieben, blieb er mitten auf der Überführung stocksteif stehen. Seine langen, hellblonden Haare wurden vom *angenehm* kühlen Wind zerzaust. Sowohl vor als auch hinter ihm waren es unzählige hundert Leute aus Shinjuku, die es alle mit eilenden Schritten in vorbestimmte Richtungen trieb. Wie die Strömung eines Flusses einen unförmigen Stein umfließt, teilten sie sich um Ben herum in zwei Ströme. Sobald sie Ben hinter sich gelassen hatten, flossen sie wieder zusammen und liefen in die Stadt hinein, die sich jenseits des Fußgängerweges ausdehnte.

Er ging den Massen von Shinjuku hinterher und erreichte eine Stelle, wo mitten von der Überführung ein Gehsteig nach links abzweigte und zu einem schmalen, abwärts führenden Weg wurde. Als er den Weg ein Stückchen heruntergegangen war, stand dort in einer von einem niedrigen, verrosteten Eisenzaun umschlossenen Einfriedung ein Gedenkstein. Um den Gedenkstein herum war es überraschend ruhig. Niemand ging auf der sich kurz unterhalb der Einfriedung windenden, von billigen Lokalen gesäumten Gasse, und noch weiter unten standen wie schlafend Güterzüge auf den Gleisen und Rangierbahnhöfen, die Tōkyō schluchtenartig teilten. Alles war in Grau verpackt, niemand war da.

Ben spürte im Rücken, dass sich die grauen Wolken langsam zu verziehen begannen. Der Gedenkstein ragte zum einsamen und verlassenen Himmel auf, er schien sich zu bemühen, längst vergessene Historie wieder ins Gedächtnis zu rufen. Von dem ruhigen, soliden, in mehreren Jahrzehnten durch den Schmutz der Großstadt ehrfurchtgebietenden Stein ging eher noch als Würde etwas Widerstrebendes aus. In die Oberfläche des stumpfbraunen, vom Alter abgenutzten Steins war »Zum Gedenken an die Staatsfeierlichkeiten im Jahre Shōwa 3« eingraviert. Abgesehen von »Shōwa 3« kannte Ben die Bedeutung nicht; an welches Ereignis erinnert werden sollte, verstand er nicht. Aber er dachte, dass dieser irgendwie bedrohliche, gebieterisch auf die Dächer und Gassen Shinjukus herabschauende Megalith ein Wegweiser sei. Und da Ben nichts verstand, war er sich sicher, dass es sich um einen Wegweiser für ihn handeln musste.

Gerade, als er das dachte, fielen ihm zwei Männer auf. Sie hockten unter dem sich wie ein dünner Arm in Richtung Stein ausstreckenden Ast eines dürren Baumes. Beide trugen zur gleichen schwarzen Kleidung weiße Tabi-Socken mit Gummisohlen. Die Männer schauten gerade von den großen, knallroten Schlagzeilen der Zeitung auf, die sie bis dahin gelesen hatten. Ben warf ihnen einen Blick zu und war überrascht. Vier schwarze Pupillen starrten ihn an.

Ben glaubte, dass sie ihm wohl so etwas wie »Hallo!« sagen wollten. Er lächelte ein wenig, aber beide schwarz gekleideten Männer schwiegen und starrten ihn nur eisig an.

Unbewusst trat Ben einen Schritt vom eisernen Zaun zurück. Die Männer blickten ihn weiterhin an. Ben war verblüfft. Er war noch nie derart gefühllos angestarrt worden.

Es lag sicherlich nicht daran, dass Ben der latente Hass zwischen den Rassen fremd gewesen wäre. Zunächst einmal trug er den jüdischen Familiennamen Isaac, einen Familiennamen von einem Volk, das dafür beschimpft wurde, den Gott des Westens geboren und dann umgebracht zu haben. Andererseits wurde er in Amerika zu den »Weißen« gezählt. Und als er einmal am Samstagabend als weißer Highschool-Schüler aus einer amerikanischen Vorstadt in die Großstadt fuhr, um sich zu amüsieren, da war es ihm passiert, dass er in den leeren, pfirsichfarbenen Augen von schwarzen Alkoholikern, denen er zufällig in halbdunklen Straßen begegnete, »Stirb!« lesen konnte. Hierin lag ein Hass, der aus dem Groll von vierhundert Jahren geboren wurde, dessen »Warum« beide Seiten gut kannten und der auch einer geheimen Absprache gleichkam. Hierin lagen weder Neugierde noch Verachtung oder Furcht. Das, was an diesem Abend in der amerikanischen Großstadt von den Augen der Schwarzen unmittelbar an die Augen der Weißen übermittelt worden war, waren primitive, gewöhnliche Tötungsabsichten.

Aber von den vier Pupillen, die Ben jetzt anstarrten und ein kaltes, scharfes Licht zu ihm aussandten (zwei davon waren wirklich kristallklar, dachte Ben für einen Augenblick), von diesen vier schwarzen Pupillen ging eine Vorsicht aus, als hätte sich in ihr Gesichtsfeld plötzlich etwas Unbekanntes verlaufen, und gleichzeitig auch die Ungeduld des Kinopublikums, die entsteht, wenn plötzlich ein Fleck auf der Filmleinwand auftaucht. Als Ben übereilt den Weg hinunterzugehen begann, verfolgten ihn diese Augen, ohne sich von ihm lösen zu können. Diese Augen starrten ihn gefühllos an, so wie die vor großen Schreinen hockenden Tempelschutzhunde in Löwengestalt, die etwas beobachteten, das unmöglich existieren und an ihnen vorbeigehen konnte.

Vor ihm lag eine schmale, steile Steintreppe. Hinter ihm war Gelächter zu hören.

»Ausländer!«, ertönte eine überraschend schrille Stimme, etwa als schimpfte eine Frau mit einem kleinen Kind, »He! Kehr zurück, kehr zurück!«

Ben sah die Steintreppe hinunter. Er bemerkte zum ersten Mal, dass er von nun an vielleicht keinen Ort mehr hatte, an den er »zurückkehren« konnte.

Er testete die erste Stufe. Sie schien schlüpfrig zu sein. All die kleinen Stufen waren von den Füßen der Leute aus der Shōwa-Zeit ausgetreten, und der Stein war glatt geworden. Wenn er nicht aufpasste, könnte er bis ganz nach unten hinunterfallen. Hatten sich seine Füße nicht schon von der ausgetretenen Kruste der Erde gelöst? Sein Körper wurde schrecklich leicht. Ein heftiger Schwindel überfiel ihn.

Ben rannte in einem Stück bis zu den Häusern von Shinjuku hinunter.

Zweiter Teil

November

An einem Novembermorgen Ende der sechziger Jahre rannte ein Siebzehnjähriger in einer blauen Jacke eine schmale Steintreppe hinunter. Dort erreichte er die kleine Kreuzung, wo der unterhalb der Fußgängerüberführung vor dem Südausgang am Bahnhof Shinjuku verlaufende Weg und der aus Richtung des Geschäftsviertels durch eine Unterführung des Fußgängerweges durchgehende Weg aufeinandertrafen. Als er überrascht den Atem anhielt, drang ein seitlicher Windstoß durch seine Jacke und brachte seine hellblonden Haare durcheinander. Der Wind wehte aus Richtung der Unterführung. In der Unterführung stand eine Reihe von Buden, die mit Ketten umwickelt waren. Die Ketten verdrehten sich im Wind und schlugen an die Verkaufsstände. An der steinernen Wand hinter der Budenreihe klebten rote und schwarze Plakate. Auf sich schon ablösende Plakate waren neue geklebt, und die unzähligen Lagen von Plakaten waren über und über mit fremden Schriftzeichen geschmückt. Wogegen sich ihr Aufruf richtete, gegen Kommunismus oder Faschismus, das wusste Ben Isaac nicht. Doch das Geräusch des Windes, der unter der Unterführung durchzog, verkündete »November«. Für Ben Isaac sah es so aus, als hätten sich die vielen mit dem Geräusch des Windes vermischten Rufe so wie sie waren in die Grundfarben Rot und Schwarz verwandelt und seien an die Steinwand geklebt worden. Mit dem Rücken zur Unterführung tastete er mit den Fingern den Inhalt seiner Tasche ab und vergewisserte sich, dass die dort hineingesteckten 2700 Yen, die paar Münzen und der Ausweis mit dem Stempelabdruck eines Adlers auf seinem Gesicht noch da waren. (Der Ausweis war von der Botschaft ausgestellt worden, und sein Vater, ein Diplomat, hatte oft im Scherz »Ausweis der Extraterritorialität« dazu gesagt.) Dann drehte er sich in Richtung der Steintreppe um, die er gerade heruntergerannt war. Weiter oben an der Böschung ragte wie ein Schornstein ohne Rauch der Gedenkstein empor, auf dem »Zum Gedenken an die Staatsfeierlichkeiten im Jahre Shōwa 3« eingraviert war, darunter lagen in einem Bogen die Blechdächer von Lokalen. Unter den Blechdächern befand sich unmittelbar neben der Steintreppe eine alte öffentliche Toilette aus Beton, die direkt in die bloße Erde der Böschung eingelassen war.

Die öffentliche Toilette mit ihren zwei in Augenhöhe ausgesparten Fenstern ohne Scheiben sah aus wie ein Bunker, den das sich zurückziehende Militär irgendwann aufgegeben hatte. Als Ben sich dazu entschlossen hatte, nach Shinjuku zu gehen, hatte er das Gefühl gehabt, dass unsichtbare Wachposten ihn von hinten beobachteten. Er glaubte sogar, ein Flüstern zu vernehmen: »Du darfst passieren! Weil du es bist, darfst du passieren!«

Ben nahm den Weg, der ins Geschäftsviertel führte.

Gray November morning

Ein Klang, den er früher irgendwann einmal gehört hatte, hallte in seinem Kopf wider. Ihm fiel auf, dass in den mehr als zehn Stunden, seit er das Haus seines Vaters verlassen hatte, in seinem Kopf die englische Sprache völlig ausgelöscht worden war. Die graue Novemberluft und die auch morgens blinkenden Neonlichter strahlten seltsamerweise Wärme aus. Inmitten pink und violett funkelnder Verlockungen in Silber ging Ben an einem Pachinko-Spielsalon namens *Heiwa* und einem Pornokino namens *Kokusai* vorbei, was für seine müden graublauen Augen gar nicht lesbar war. Er passierte ein Antiquariat mit der Manga-Zeitschrift *Garo* in der Auslage und näherte sich einem chinesischen Restaurant, wo aus einem Spalt der zinnoberrot gestrichenen Tür gelbe Dampfschwaden auf den Gehsteig zogen. Von der weiter vorne liegenden Kreuzung und der Seitengasse, an der er gerade vorbeiging, von den Türen aus Glas, Holz oder Metall und den sich dahinter verbergenden Treppen drangen ein paar Takte Musik oder Gesprächsfetzen und vermischten sich auf dem Gittermuster des Pflasters. Aus irgendeinem Lokal warf eine heisere Stimme die kräftige Melodie eines Liedes auf die Straße.

Alles das hast du mir beigebracht:
den Alkohol, die Zigaretten, ja sogar die Lüge

Ben vergaß die Furcht, die er beim Hinunterrennen der Steintreppe empfunden hatte, und ging wie verzaubert weiter. Selbst der Klang der Silbenschriftzeichen für Shinjuku verband sich mit dem Gehsteig, er wurde zu einer an seinen Beinen ziehenden Kraft, und Ben lief weiter. Er hatte keine Ahnung, wohin er abbiegen sollte. Und er hatte auch keine Lust, es zu wissen. Steckte in der Anordnung dieser wie ein einziges Durcheinander wirkenden Straßen nicht die »Lehre«, dass es auf dasselbe hinauskam, ob er nun geradeaus weiterging oder unterwegs abbog? Ben war letzte Nacht von zu Hause fortgelaufen. In dieser Novembernacht, in der er von zu Hause weglief, hatte er auch jedwede Ziele hinter sich gelassen. Und ihm, dem jetzt am darauffolgenden Morgen nur die Freiheit der Straße sowie 2 700 und ein paar Yen geblieben waren, gefiel dieses verschlungene Labyrinth sofort und instinktiv.

Dieses Labyrinth, in dem er jetzt umherlief, schien unendlich. Von seinen Fußsohlen übertrugen sich kleine Bewegungen auf Bens mageren Körper.

Eher noch als um einen umherwandernden Juden handelte es sich bei ihm um eine blasse Maus, die man am Schwanz gepackt und unversehens in einen Irrgarten geworfen hatte. Obwohl sie Hunger hatte, kroch sie schwerfällig herum und wählte jedes Mal instinktiv die Richtung, wenn sie auf eine Kreuzung stieß. Ohne an Belohnung oder Strafe zu denken, lief Ben Isaac weiter und jagte Shinjuku hinterher, das sich immer einen Schritt voraus zu verstecken schien.

Als er nach rechts abbog, tauchten vor seinen Augen eine Kneipe und der Eingang des danebenliegenden Gebäudes auf. Er wand sich zwischen den schwarzen und hellblauen Plastiksäcken hindurch, die vor den Eingängen aufgereiht waren und nach Müll stanken. Und wenn Ben vor sich das Laub der Alleebäume und Zettel mit der Aufschrift »Nur 1 000 Yen!« mit dem Fuß wegkickte, dann warfen ihm die Passanten bestimmt Blicke zu, die für einen Augenblick an ihm hafteten, sich dann aber schnell wieder von ihm lösten. Beim Gehen versuchte Ben, die ihm fortwährend in schneller Folge ins Auge springende Geheimschrift der Großstadt zu lesen: die Schilder von Kneipen, Werbetafeln und die an den Telegraphenmasten klebenden Zettel, auf denen »Nieder mit dem Sicherheitsvertrag!« oder »Shōwa-Restauration« stand.

Kurz nachdem er an einem Schild »Reisschüssel mit Tempura 100 Yen« vorbeigekommen war, traf er zufällig unter einer einsamen, auf dem Gehsteig stehenden Weide auf einen Mann, der ein gelangweiltes Gesicht machte.

Der Mann trug die weiße Uniform eines Kellners. Hinter dem Mann behauptete sich zwischen zwei hohen Gebäuden ein kleines Café mit nur zwei Stockwerken. Es war ein merkwürdiges Gebäude. Es stand da wie ein über die Stadt richtender, rundlicher, muffeliger König, der von zwei hochgewachsenen Leibgardisten flankiert wird. Am kleinen Eingang neben dem whiskeyfarbenen Fenster hing ein Schild, auf dem in chinesischen Schriftzeichen und in lateinischer Schrift »Fūgetsudō« stand.

Auch als Ben sich näherte, würdigte ihn der Kellner keines Blickes. Er zog mit seinen dünnen, fleckigen Fingern aus seiner Uniformtasche eine zerknitterte, hellgrüne Schachtel Wakaba-Zigaretten. Er steckte sich eine Wakaba zwischen die Lippen und zündete sie an, ganz so, als ob er ausdrücken wollte, dass es ihm völlig egal sei, ob Ben nun das Café betrat oder nicht. Es kam kein

»Hello!« oder »Irasshaimase!«. Er schwieg ganz einfach und zog an seiner Zigarette.

Ohne zu zögern entschied sich Ben dafür, das Café zu betreten.

Als er unter dem Schild »Fūgetsudō« hindurchschlüpfte und eintrat, lag dort ein großer, tiefer Saal. Auf beiden Seiten eines langen Ganges standen etliche runde Tische, und um jeden dieser Tische waren wie in einem Salon einige Stühle gruppiert. Unter der Decke, die so hoch wie in einem Tempel war, ging Ben stocksteif den Gang weiter durch nach hinten.

Es waren nur zwei, drei Kellner und Bedienungen da, und außer Ben gab es keine weitere Kundschaft. Vielleicht hatte das Café gerade erst aufgemacht. Aus der Haltung der vor Topfpflanzen und Palmen herumstehenden Angestellten sprach ein Gefühl von Anspannung, die auf den Beginn von Höflichkeiten wartete. Aber die Mattigkeit im Ausdruck jedes Einzelnen, die Schlappheit und die so gar nicht zum Morgen passende Glanzlosigkeit der Augen zeugten davon, dass man diesen Höflichkeiten immer wieder nachgekommen und ihrer absolut überdrüssig war. Bens Blick schweifte von den unbesetzten Tischen und Stühlen über die kümmerlichen Palmwedel hin zur großen Wand auf der linken Seite. Unter den vielen Bildern und Postern, mit denen die Wand geschmückt war, zog ein Schwarzweißfoto Bens Blick auf sich.

Es war das Foto eines etwa zwölf oder dreizehn Jahre alten Mädchens. Es war eine schlanke Asiatin, zweifellos aus Vietnam. Ben erinnerte sich, dieses Foto einige

Male in der *Washington Post* oder der *Times* gesehen zu haben. Das vom amerikanischen Militär gefangengenommene Mädchen war zu einem Flüchtling geworden und konnte nicht in sein Dorf zurückkehren. Es hatte die Augen verbunden und sein Mund war fest geschlossen. In einem Land in den Tropen, wo es keinen November gab, ertrug es nur seinen Schmerz. Als Flüchtling in einem modernen Krieg erduldete es die ihm sowohl von den Soldaten als auch vom Fotografen zugefügte Schande. Und jenes abgemagerte Gesicht blickte nun an einem ruhigen Morgen verächtlich auf das Fūgetsudō herab.

Ben blieb unter dem Foto stehen. Auch er hatte seine Kindheit in einem Land in den Tropen verbracht, wo es keinen November gab. Er war der Sohn von jemandem, der Gefangene machte.

Es wurde Ben peinlich, das Bild anzustarren. Er beschloss, auf den langen, schmalen Balkon im ersten Stock hinaufzusteigen, der wie eine Empore in einer europäischen Kathedrale auf der der Wand entgegengesetzten Seite lag. Er stieg die Stufen hinauf, wobei er denselben leichten Schwindel wie beim Herunterrennen der Steintreppe empfand, schaute sich im ersten Stock des Fūgetsudō um und setzte sich.

Sobald er saß, überfiel ihn eine schreckliche Müdigkeit.

Dem seltsamen Ausdruck auf dem Gesicht der Bedienung entnahm er, dass er sich soeben selbst auf Japanisch einen Kaffee bestellt hatte. Während er in seiner Tasche herumtastete und sich noch einmal des Ausweises vom Konsulat sowie der 2 700 und ein paar Yen versicherte, schwand sein Bewusstsein weiter. Inzwischen waren auf dem Tisch der Kaffee, Wasser und ein Kassenbon aufgetaucht.

Nach einer Weile zerriss der Ton einer auf eine alte Schallplatte aufgesetzten Nadel den Film der Stille, die über diesem mysteriösen Raum lag. Es war ein rauer Ton, wie der einer Machete, die sich in einem stillen Dschungel einen Weg bahnt. Dann ertönten die Stimmen eines Männerchores. Beim Zuhören erkannte Ben überrascht, dass es sich um gregorianische Gesänge handelte. In allen Ecken des Fūgetsudō erklang eine düster wogende Welle aus lateinischer Sprache.

Libera me

Von dem Choral, den er an einem Morgen in Shinjuku völlig unerwartet zu hören bekam, verstand er nur *Libera me*. Befreie mich. Es war der Choral, in dem die Geister der Toten ihr Begehren vorbrachten. Ben zündete sich eine Long Peace-Zigarette an, und da der Chor der Toten nach und nach anschwoll, hörte er bald, wie er das Fūgetsudō mit der Energie sich auf einem Blatt Papier ausbreitender schwarzer Tinte stetig ausfüllte.

Libera me. Aber durch den morgendlichen Filter Shinjukus hörte sich der Kirchengesang mit seiner aus tiefster Dunkelheit geborenen Leidenschaft und seinem trefflichen Rhythmus so an, als wichen die Schatten der katholischen Kirche und die Lebenden brächten ihr Begehren nach Flucht vor.

Ben schloss seine Lider. Seit der letzten Nacht hatte er kein Auge zugetan. Er erinnerte sich an den Nachthimmel über dem Hafen, den er von seinem Zimmer im Haus seines Vaters, von dem er letzte Nacht fortgegangen war, betrachtet hatte. Am Horizont in der Ferne verschwanden sowohl das Wasser als auch der Himmel, das Himmelsgewölbe im November wurde einfach vom kohlrabenschwarzen Pazifik aufgesaugt. Nachdem er die Radiosendung auf FEN ausgeschaltet hatte, verebbte auch der Lärm der Autos auf der Yamashita-Kōen-Straße, woraufhin er im Bett liegend das Geräusch der sich kräuselnden Wellen hörte, die sich leise an der Deichmauer des Parks brachen. Es war ein Geräusch, das sich wie ein Choral wiederholte und abermals wiederholte, ununterbrochen flehend und zur Flucht einladend …

Und jetzt am Morgen, der dem Verlassen dieses Hauses folgte, war es ein seltsamer Ort für eine Flucht, an dem er angekommen war. Das Flüchtlingsmädchen zog die es anschauenden Leute leise in seinen Bann. Unter ihm und seinen verborgenen Augen dehnte sich das Fūgetsudō aus. Es war wie in einem großen Tempel und er selbst war der einzige Andersgläubige, der sich hierhin verlaufen hatte, dachte Ben plötzlich. Die Kellner und Bedienungen in ihrer Verkleidung aus leicht angeschmutzten Uniformen warteten in der Haltung blasser Hilfspriester und Nonnen, die einer Sekte aus dekadenten Zeiten dienten, auf die Ankunft von »Gläubigen«. Welcher Art von Meditation sie wohl nachgingen, wenn sie da so lustlos im Schatten der Palmen herumstanden?

Nachdem der letzte Ton des gregorianischen Gesangs verklungen war, folgte eine Ben nicht bekannte Orchestermusik. Als er zum Fenster ganz am Ende des schmalen Ganges im ersten Stock sah, war es draußen dunkler als zuvor geworden. Sprühregen hatte begonnen, grazil an den einzelnen nach unten hängenden Ästen der Weide hinunterzulaufen. Der Regen verursachte kaum einen Laut.

Aus der Nähe des Fensters kam irgendein Geräusch. Es war weder das Geräusch des Regens noch das der Streich- oder Holzblasinstrumente.

Es war ein Stöhnen.

Ein schwaches Stöhnen, wie es ein kleines, tief im Wald in eine Falle geratenes Tier von sich gibt.

Ben drückte die Long Peace aus. Als er seine Augen auf die verworrenen Schatten in der Nähe des Fensters richtete, konnte er eine sich im Halbdunkel auf einen Tisch stützende menschliche Gestalt ausmachen. Halb verborgen von dieser Gestalt war da noch eine zweite. Es waren zwei Gesichter. Beide waren schneeweiß und wurden von langem, schwarzem Haar eingerahmt.

Die auf den Tisch gestützte Person gab ein leises Stöhnen von sich, die andere hielt sie von unten mit ihrem dünnen Arm und streichelte der anderen Person sanft über den Rücken. Bewegten sich die weißen Finger denn überhaupt? Ben fokussierte seinen Blick auf die schummerige Ecke ganz am Ende des Gangs. Seit wann versteckte sich dort lauernd dieser Haufen von verschwommen übereinanderliegendem Weiß, Schwarz und Grau?

Aus dem Schatten kam eine Stimme.

»Wasser, bitte!«

Es war die Stimme einer jungen Frau.

»Wasser, bitte!«

Beim zweiten Mal hörte es sich kaum wie eine Bestellung an – eher wie die Hilflosigkeit von jemandem, der »Kann irgendjemand Wasser bringen?« fleht.

Die Bedienung für den ersten Stock war nirgends zu finden. Ben entschloss sich dazu, das Glas Wasser auf seinem Tisch zu nehmen und es in die Ecke zu bringen.

Als er sich näherte, sah er, dass die sich regungslos auf den Tisch stützende Person ein magerer Mann mit langen Haaren war.

»Bitte!«, sagte Ben und trat einen Schritt in den Schatten.

Dem weißen Gesicht der Frau war ein irritierter Ausdruck deutlich anzusehen. »Ich habe noch nicht davon getrunken. Hier bitte!«, sagte Ben in stockendem Japanisch und bot ihr das Glas Wasser an.

Die Frau, die dem Mann über den Rücken streichelte, flüsterte »Danke!«, nahm mit ihrer freien Hand das Glas entgegen und führte es mit ihren weißen Händen an die blassen Lippen des Mannes. Der Mann schien benommen zu sein, seine Augen waren geschlossen.

»Kein Grund zur Sorge!«, meinte die Frau und schaute flüchtig in Bens Richtung.

Ben bemerkte in diesem Moment, dass sein Gesicht im Schatten lag. Sie wusste »es« nicht.

»Er hat nur ein paar Naron-Schmerztabletten zu viel genommen und ist etwas daneben. Kein Grund zur Sorge!«

Ben verstand kaum den Grund dafür, warum er sich nicht sorgen sollte, aber er dachte, dass es wohl besser sei, sich nicht weiter einzumischen. Also trat er aus dem Schatten und kehrte an seinen Platz zurück.

Mit dem Rücken zum Fenster sitzend schaute er sich in Ruhe im Erdgeschoss des Fūgetsudō um, wobei er – soweit das möglich war – den Mann und die Frau im Schatten nicht beachtete. Auf den Stühlen, die vorhin noch unbesetzt gewesen waren, saßen nun hier und da fünf, sechs Kunden. An einigen Stellen stiegen im weiten Erdgeschoss Kaffeedampf und Zigarettenrauch auf. Wie in einer weiten Ebene einige Rauchsäulen von Signalfeuern aufstiegen, stiegen sie zur Decke hoch und lösten sich dann auf.

»Oh … Soldier?«, kam es von hinten auf Englisch angeflogen. Es war ein plötzlicher, rauer Ton wie beim Aufsetzen der Nadel auf eine alte Schallplatte.

Als Ben sich umdrehte, stand dort die Frau aus dem Schatten.

Ben war überrascht und schüttelte seine langen, hellblonden Haare. »Nein, falsch«, antwortete er.

Im Licht war das Gesicht der Frau von reinem Alabasterweiß. Die Frau musterte Ben zweifelnd. Als ob sich Bens Japanisch im Licht aufgelöst hätte, drängte sie weiter: »Tourist?«

»Nein, falsch.«

»Missionary?«

»Nein.«

»Hippie?«

»Nein.«

Eine Klassifikation von »Ausländern« nach der anderen floss aus dem Mund der Frau; er selbst, der dort nirgendwo hineinpasste … Die Frau machte ein Gesicht, als würde sie auf den Arm genommen.

»Also, was sind Sie denn nun eigentlich?«

Die ungeduldig auf einer Antwort beharrende Frau war in ihre Muttersprache zurückgekehrt.

Ben schaute auf die gegenüberliegende Wand. Er dachte einen Augenblick lang nach und antwortete dann:

»Ein Flüchtling.«

»Flüchtling? Ein so schwieriges Wort kennen Sie also. Von wo sind Sie denn geflüchtet?«

Bens Augen stoppten am angespannten Mund des Flüchtlingsmädchens.

»Vom Krieg.«

»Krieg?«, in der Stimme der Frau lag so etwas wie Zorn. »Seid ihr es nicht, die den Krieg führen?«

Ben wollte sagen, dass er aus diesem »wir« geflüchtet war, aber er konnte sich nicht gut genug ausdrücken und schwieg.

»Vom Krieg geflohen, das sieht mir ganz nach einem Deserteur aus. Auch hierhin sind Deserteure gekommen, das Komitee für Frieden in Vietnam hat sie hergebracht …«

Die Frau musterte Ben von den hellblonden Haaren bis hinunter zu den abgetragenen Schuhen. Im weißen Gesicht der Frau, das noch heller als Bens Haut war, lag ein Ausdruck von Skepsis. Ben fühlte sich, als ob er eingehend von einem Geist untersucht würde.

»Aber das trifft wohl nicht auf dich zu. Du bist doch in Wirklichkeit ein Reisender oder so.«

In Bens Erinnerung huschte der nicht abreißende Strom der Massen auf dem Fußgängerüberweg vorüber. Ihre Flut, die ein Ziel hatte und direkt darauf zuströmte. Ben murmelte mit halberstickter Stimme so leise, dass er selbst darüber erstaunt war: »Ja.«

»Wusste ich es doch!« Die Frau schien sich damit zufrieden zu geben und lächelte ein wenig. »Übrigens sprichst du gut Japanisch, nicht wahr?«

Gerade als Ben eine passende Antwort auf der Zunge lag, hörten sie den Mann aus dem Schatten »Rika!« rufen. Die Stimme, die etliche Jahre älter klang als die von Ben und der Frau, war heiser, so als wäre er aus seiner Benommenheit noch nicht wieder aufgewacht.

Die Frau schwieg plötzlich und kehrte zu ihrem Geliebten im Schatten zurück.

Vom Erdgeschoss des Fūgetsudō drangen Unterhaltungen und Gelächter herauf, die für Ben unverständlichen Scherze und Ausrufe schwebten vor dem Foto des Flüchtlingsmädchens.

Ben konnte noch einmal der Musik lauschen. Nach den Verzierungen eines Cembalostückes kam ein Flötensolo. Die Musik wurde immer lauter, als verspotte sie den Zuhörer, und sie erklang so deutlich, dass man heraushören konnte, wie jeder einzelne Ton sich von der Flöte trennte.

Das Taubenmuster der Long Peace-Schachtel, die er auf den Tisch gelegt hatte, fiel Ben ins Auge. Er streckte die Hand danach aus, ließ es dann aber bleiben. Er zog den Ausweis der Botschaft aus der Tasche und zündete mit einem Streichholz sein blasses Gesicht mit dem Adlerstempel an.

Zu Beginn der sechziger Jahre saßen Ben und seine Mutter oft im Salon und sahen fern. Hinter dem hellen Fenster, durch dessen Spitzenvorhänge die Abendsonne von Virginia schien, saß seine Mutter im Sessel und Ben auf dem Sofa daneben. Inmitten des Salons, den man von der weiß gestrichenen Veranda aus betrat, stand ein großes Bücherregal aus Teak. Unter dem Bord, auf dem von seiner Mutter nach der Trennung von seinem Vater nach Amerika mitgebrachte Mitbringsel aus Ostasien aufgereiht waren – unter anderem vergilbte Netsuke, große Teller aus Kutani-Porzellan und ein beleibter Buddha –, stand auf einer Spitzendecke ein Schwarzweißfernseher mit 19 Zoll, wohl ein Zenith von 1961 oder ein Westinghouse von 1962.

Ben, der bis dahin noch nie ferngesehen hatte, stand am nächsten Morgen nach der Lieferung des Gerätes früh auf, schlich von seinem im Erdgeschoss liegenden Zimmer in den Salon und drehte im Schein des von den weißen Pfeilern der Veranda reflektierten Mondlichtes den Knopf auf »ein«.

Der 19-Zoll-Bildschirm war kohlrabenschwarz. Als er am Knopf für die Sender drehte, tauchte diesmal die Zahl »5« auf, die den ganzen Bildschirm einnahm.

Er drehte noch einmal an dem Knopf. Mit einem nervenaufreibenden Krach flimmerten graue Wellen wie die auf der dunklen Meeresoberfläche über den ganzen

Bildschirm. Ben dachte an seine im ersten Stock schlafende Mutter und drehte den Regler für die Lautstärke fast bis auf »aus« zurück. Er hockte sich vor das Bücherregal und betrachtete die lautlos wogenden Wellen. Während er sich an das leuchtende Blau der Meeresenge in den Tropen erinnerte, zu der er im Jeep seines Vaters mitgefahren war, stellte er sich die graue Oberfläche des Atlantiks vor, den er noch nie gesehen hatte. Es hieß, dass man selbst mit dem 1956er Chevrolet seiner Mutter in einer dreistündigen Fahrt den Atlantik erreichen könne. Für Ben, der mit seiner Mutter nach Amerika – ein Land, das er noch nie zuvor gesehen hatte – »zurückgekehrt war«, war die Tatsache, dass dort der Atlantik liegen sollte, kaum weniger merkwürdig als die Existenz des Novembers.

Wenn seine Mutter von ihrer Arbeit als Bedienung nach Hause gekommen war und sie gemeinsam in der kleinen Küche das Abendessen beendet hatten, schalteten sie gewöhnlich den Fernseher im Salon ein und sahen sich die Nachrichten auf CBS oder *The Lucy Show* an. Doch weder bei den Berichten über die Atomraketen in Kuba noch beim Gelächter der Sitcoms veränderte sich der Gesichtsausdruck seiner Mutter. Sie starrte wie geistesabwesend auf den Bildschirm, wobei nur ihr dickes, goldblondes Haar kaum merklich zitterte. Die Haltung seiner im Sessel sitzenden Mutter hatte etwas vom Gleichmut eines weiblichen Tieres, das aus seinem Bau vertrieben wurde. Nachdem seine Mutter nach den Spätnachrichten um elf Uhr den Fernseher ausgeschaltet hatte und in den ersten Stock hinaufgegangen war, blieb Ben allein im Salon zurück, wo der Gleichmut seiner Mutter wie Weihrauch in den Spitzengardinen hing.

Häuser mit Salons waren selbst tief im Süden bereits rar geworden, doch in der Stadt, in die Ben und seine Mutter gezogen waren, hatten all die kleinen Schindelhäuser mit einem Salon auch eine lange, schmale Veranda, die weiß gestrichen war. Das Haus, das seine Mutter von ihrer Scheidungsabfindung gekauft hatte, lag an einem alten Weg am Hang, wo auch die arme weiße Schicht wohnte. Vor den Häuserzeilen aus den zwanziger Jahren fuhren Autos aus den Fünfzigern; Unkraut, Löwenzahn und angerostete silberfarbene Bierdosen drohten ständig, von beiden Seiten her den Asphalt des Weges zu überdecken.

Arlington war für Ben immer ein merkwürdiges Stück »Heimat«, obwohl er ja dorthin »zurückgekehrt« war. Die Stadt, in der die Zahl der Lebenden nicht einmal halb so hoch war wie die der Kriegsgefallenen auf dem Nationalfriedhof, starrte neidisch nach Washington, D.C. auf der anderen Seite des Potomac hinüber. Arlington bildete den nördlichsten Ausläufer des Südens.

Diesseits der Brücke standen auf beiden Seiten des Highways, der den Namen von General Lee aus Virginia trug, dicht an dicht die mehrstöckigen Apartmenthäuser, in denen die hohen Regierungsbeamten aus Washington, D.C. wohnten. Im Schatten der hohen Apartmenthäuser hatte man in einer Talsenke noch etwas vom Süden stehen gelassen. Etwa in der Mitte des durch dieses Viertel führenden Weges lag das Haus seiner Mutter.

Auf einem anderen, etwas entfernt liegenden Weg am Hang konnte man über den Magnolien das Haus eines Richters erspähen. Bei seinem Bau hatte er Präsident Jeffersons Villa Monticello bis hin zu den Säulen im griechischen Stil nachgeahmt. Zwischen dem Weg, an dem das Haus seiner Mutter stand, und dem »Weg des Richters« lag eine unbebaute Fläche. Die üppige Vegetation Virginias mit ihren Magnolien, Eichen und Weiden bildete ihre Grenze, und diese Brache ging so wie bei einer ehedem von weißen Siedlern neu angelegten Rodung in einen schmalen Wald über. Was hier und dort unter den Haufen von gelbem und braunem Laub wie bloßliegende Rippen zu sehen war, waren die Schwellen der Eisenbahn, die hier etwa zur Zeit des Sezessionskrieges erstmals verlegt worden waren.

Die unbebaute Fläche, die Überreste der Eisenbahn – nächtens wurden sie zum Treffpunkt der Jugendlichen, die den Sohn des Richters zu ihrem Anführer gemacht hatten. Da dieser Ort von einem Dickicht aus Bäumen umschlossen war, machte man hier zum ersten Mal Bekanntschaft mit Zigaretten, Masturbation und dem Reichtum geschmacklosen Vokabulars. Die Jugendlichen trafen sich nachts auf der Brache.

Nachdem die Spätnachrichten vorbei waren und seine Mutter in den ersten Stock hinaufgestiegen war, ging Ben durch die Hintertür in der Küche nach draußen. Die Nacht an diesem Donnerstag gegen Ende November war eher totenstill als kalt. Wenn man den Weg, an dem sich die weißgestrichenen Veranden aufreihten, ganz hinunterging und dort die Ohren spitzte, meinte man beinahe das Echo eines Geisterzuges zu hören. Ein mit Proviant der Nordstaatenarmee beladener Zug überquerte den Potomac und fuhr in das Dunkel der Bäume, in Richtung Süden …

Auf einer morschen Schwelle saß der Sohn des Richters, der ein Jahr älter als Ben war. Als er Ben sah, zog er – als hätte er nur darauf gewartet – eine Schachtel Chesterfield aus seiner Jeansjacke und verteilte an die zusammen mit Ben oder schon früher angekommenen Jugendlichen aus den Schindelhäusern jeweils eine Zigarette.

Nachdem der Sohn des Richters ein Streichholz entzündet hatte, führte er die Flamme mit einer geschickten Handbewegung von seiner eigenen Zigarette zu der in Bens Mund und dann weiter zu der filterlosen Chesterfield im noch kleineren Mund des Jungen daneben.

»Wenn man es schafft, mit einem Streichholz drei Zigaretten anzuzünden, dann lässt man damit einen Nigger sterben«, flüsterte er mit der für den Süden eigentümlichen, seltsam freundlichen Sprechweise einen Aberglauben der Weißen.

Der vierzehnjährige Richtersohn sog männlich den Rauch der Chesterfield bis in die Lungen und blies dann einen langen feinen Strom grauen Rauches aus. Um nicht zu husten, inhalierten der dreizehn Jahre alte Ben und der elfjährige Junge neben ihm den Rauch nicht, der dann dick aus ihren Mündern quoll.

Das weggeworfene Streichholz schwelte einen Moment auf dem feuchten Laub, das die Schwellen bedeckte, und erlosch dann in der Finsternis.

Nachdem er drei Chesterfield geraucht hatte, kehrte Ben ins Haus seiner Mutter zurück. In dem Moment, als er von der Küche leise in den halbdunklen Salon mit dem ausgeschalteten Fernseher trat, drang aus dem ersten Stock ein leises Schluchzen. Das rhythmische Schluchzen wurde nach und nach lauter, und so wie gregorianischer Gesang eine katholische Kirche mit einer düsteren Atmosphäre füllt, nahm es das ganze Haus ein.

Am Freitag war der Unterricht in der Schule früher zu Ende, am Samstag fiel bis zum Abend ununterbrochen eisiger Regen. Ben und seine Mutter hatten sich in den Salon zurückgezogen und schauten nicht vom Fernseher auf. Am Sonntag kehrte das Dunkelblau von englischem Porzellan an den Himmel zurück – so wie es vor Thanksgiving gewesen war. Am Montag, der plötzlich zum freien Tag geworden war, wurde Ben nach der Mittagszeit vom fernen Klang eines Glockenspiels mit achtundvierzig harmonisch gestimmten Glocken angezogen und er verließ alleine das Haus.

Er zog den Überresten der Gleise entlang nach Norden in Richtung des Potomac los. Es ging schon auf Ende November zu, und die Zweige der Weiden, die beide Seiten der Schienen säumten, hingen wie bräunliche Schnüre leblos herab. Darunter lagen Scherben von Bourbonflaschen, Autoreifen und moderige Fußbälle herum. Er ging mit mal längeren, mal kürzeren Schritten auf den unter gelbem Laub hervorscheinenden Bahnschwellen und trat schon bald hinaus auf die Böschung neben dem Lee Highway. Auf dem Fußgängerweg vor dem Sears auf der anderen Seite des Highways, auf den er herunterblicken konnte, standen schon frühe Weihnachtsbäume in einer Reihe. Doch obwohl es ein freier Tag war, war weit und breit kein Kunde zu sehen, der gekommen wäre, um sie zu kaufen.

In den gelben Häuserblocks entlang der Böschung befanden sich Wohnungen für Schwarze. Als Ben irgendwann einmal Interesse daran geäußert hatte, war er vom Sohn des Richters ermahnt worden, dass er nicht dorthin gehen dürfe und es dort besonders nachts gefährlich sei. Auf den im strahlenden Herbstlicht liegenden, vertrockneten Rasenflächen der Vorgärten waren keine spielenden Kinder zu sehen, aus den in die gelben Außenwände eingelassenen Fenstern ertönte seltsamerweise der Lärm von Fernsehern. Beim Vorbeigehen starrte ihn im Erdgeschoss eine Frau, die etwa im Alter seiner Mutter war, aus einem vorhanglosen Fenster mit einer Scheibe voller Sprünge streng an.

Als er die Wohnungen der Schwarzen hinter sich gelassen hatte, war der Klang vom weit entfernten Glockenturm deutlich klarer zu vernehmen. Ben ging weiter in Richtung dieses Klanges.

Er überquerte die alte Überführung über den Lee Highway und blieb auf einem ehemaligen Abstellgleis stehen. Neben dem Gleis lag ein großer, umgestürzter Frachtwaggon. Er war von gelbem Laub bedeckt, und man konnte undeutlich die großen Buchstaben von *Southern Railway* erkennen. Der Frachtwaggon, von dem alle Räder abmontiert worden waren, lag dort wie der Kadaver eines riesigen, getöteten Rindes. Dahinter breitete sich der Potomac aus, der sich mit dem Wasser des Atlantiks vereinigen würde. Aus dem kahlen Wäldchen am Nordufer ragte der spitze Turm der Kirche von Georgetown heraus, rechts von der Francis Scott Key Bridge trieb die schmale Silhouette von Theodore Roosevelt Island im Fluss. Ein türkisfarbenes, heiteres Novemberwetter lag über dem grauen Dickicht von Washington, D.C., dem Könige, Generäle und Präsidenten ihren Stempel aufgedrückt hatten, und durch die frische Luft hallte rücksichtslos der Glockenton.

Ben beeilte sich, er überquerte den Parkplatz der mehrstöckigen Apartmenthäuser und stieg in eine weitere Talsenke hinab. Auch auf der durch die Senke verlaufenden Straße war keine Menschenseele. Er ging an der Country Bar, an deren Eingang das Schild »geschlossen« hing, und dem Pfandhaus mit seinen in staubbedeckten Fenstern ausgestellten Schrotflinten vorbei und näherte sich weiter dem Klang der Glocken.

Er erreichte die Route 50 und traf auf ein Gedränge von einigen hundert Leuten, die in Scharen auf beiden Seiten der Route 50 und auch auf der Fußgängerbrücke sowie dem Mittelstreifen entlangmarschierten. Männer mit Bürstenhaarschnitten wie Astronauten und Frauen mit aufgetürmten Frisuren stellten ihre Autos am Rand der Route 50 ab und gingen schweigend in Richtung des Glockenklanges. Ben hatte noch nie gesehen, dass Amerikaner schweigend zu Fuß gingen.

Als er die südliche Fahrspur, den Mittelstreifen und die nördliche Fahrspur ohne anzuhalten entlanggelaufen war und sich bis an die Spitze der Menschenmassen durchgedrängelt hatte, stand dort auf braunem Rasen der Turm mit dem Glockenspiel. Über den Köpfen mit den Bürstenhaarschnitten und den aufgetürmten Frisuren der absolut stillen Amerikaner wiederholte sich ein bewegendes, den Klang von achtundvierzig Glocken auf sich vereinigendes Kirchenlied, das ununterbrochen wie die grauen Wellen des Atlantiks dahinströmte.

Bens Blick richtete sich auf eine Bronzeplastik, die auf einer Anhöhe diesseits des Glockenspielturms stand. Es war das Mahnmal für die Schlacht um Iwōjima. Die überlebensgroßen Körper von fünf Marineinfanteristen, die im Moment des Triumphes auf dem Gipfel des Mount Suribachi das Sternenbanner hissten, und ihre von der Anstrengung schweißüberströmten Gesichter schimmerten in der Nachmittagssonne grünlich.

Das Sternenbanner, das die Soldaten nach ihrem entschlossenen Kampf unbedingt hissen wollten, war auf Halbmast.

Die von der Route 50 kommenden Massen gesellten sich zu dem von etlichen tausend Leuten gebildeten Gedränge um den Glockenspielturm herum. Ben wand sich zwischen den Armen der Erwachsenen hindurch und betrat den Nationalfriedhof Arlington durch den hinter dem Turm mit dem Glockenspiel liegenden Eingang.

Kaum dass sie den Friedhof betreten hatte, wurde die bisher so ruhige Menge von Unruhe ergriffen. Die weiter und weiter hineindrängenden Erwachsenen trampelten auf eine umherfliegende Seite aus der *Washington Post*.

Ben hob das Blatt Zeitungspapier auf und sah es sich an. Auf der Seite standen keine Artikel, sie war auf beiden Seiten von oben bis unten mit schwarzgerahmten Todesanzeigen gefüllt. Eine ungefähr in der Mitte platzierte Anzeige zog Bens Aufmerksamkeit besonders auf sich. Es war eine Anzeige, in deren schwarzem Rahmen ein Gedicht abgedruckt war. Er erinnerte sich daran, dieses Gedicht irgendwann zu einer Zeit, als er Amerika noch nicht gesehen hatte, in einer in den Tropen inmitten von Reisfeldern scheinbar schwebenden Missionarsschule auswendig gelernt oder das altertümliche Englisch doch zumindest einmal gehört zu haben.

O Captain! my Captain! rise up and hear the bells

Es handelte sich um ein Gedicht von Whitman, ein Trauergedicht, das er zur Zeit Lincolns geschrieben hatte. *Erhebe dich, mein Käpt'n, und hör den Glockenton ...* Diese wunderbaren Zeilen aus dem 19. Jahrhundert, die wie das Foto eines Verstorbenen von einem schwarzen Trauerrand umgeben waren, wirkten für einen Moment so, als wäre dieses Gedicht selbst gestorben.

Ben strich das zerknitterte Zeitungspapier mit der Handfläche glatt. An einem Vers der dritten Strophe blieb sein Blick plötzlich haften.

My father does not feel my arm ...

Obwohl Ben von den herandrängenden amerikanischen Erwachsenen angerempelt wurde, blieb er dennoch als

Einziger auf dem Friedhofsweg stehen. *Mein Vater spürt nicht meinen Arm ...* Über Bens Kopf zogen Wolken hinweg, und der heitere Himmel, der Washington, D.C., den Potomac und Arlington überspannte, verblasste für einige Sekunden und verwandelte sich in eine große Leere. Aus der Hauptstadt drang leise das Geräusch von Trommelschlägen.

... my Captain lies,
Fallen cold and dead.
In memory of John F. Kennedy
November 25, 1963

Ben schaute von der Zeitungsseite auf. Direkt vor ihm begann ein Anstieg. Hinter diesem Hügel lagen weitere Hügel, und so weit das Auge reichte, bedeckten 400 000 weiße Grabsteine die sanften Abhänge wie Pfingstrosen, die außerhalb der Saison blühten. Das hier und da zu sehende Glänzen von neuem Marmor kündete von der Tatsache, dass an Wochenenden im Spätherbst auch gewöhnliche Personen starben.

Ben wurde von der menschlichen Welle aus Bürstenhaarschnitten und Hochfrisuren mitgespült und stieg inmitten der Grabsteine mit den eingravierten Namen der Schlachtfelder von Georgia bis Vietnam, auf denen über die Generationen amerikanische Soldaten gefallen waren, den Weg hinauf. Bald erreichte er eine Wegbiegung, die kurz unter der Kuppe des höchsten Hügels lag.

An der Menschenmenge, die durch ein Seil zurückgehalten wurde, fuhren lange, tiefschwarze Limousinen vorbei. Er konnte einen flüchtigen Blick auf die Profile gealterter Politiker erhaschen, die sich auf den Rückbänken der Limousinen zurücklehnten. Die Gesichter der alten Herrschaften, die bei ihren Unterhaltungen eine Zigarre zwischen den dicken Lippen rauchten, verschwanden dann ebenso schnell wie in den Filmausschnitten der Nachrichten auf CBS.

»Die da …«, murmelte der Mann mit dem Bürstenhaarschnitt neben ihm. Die gealterten Politiker, die sich in ihren langen, tiefschwarzen, wie Leichenwagen den Hügel herauffahrenden Limousinen zurücklehnten, lebten, der junge Präsident war tot.

Durch die über den Grabsteinen ineinander verschlungenen Äste der kahlen Eichen konnte man in einer Flucht direkt auf den unterhalb in der Ferne fließenden Potomac und das schneeweiße Lincoln Memorial in der Hauptstadt gegenüber hinunterschauen. Ben, der auf Zehenspitzen an der Biegung des Anstiegs stand, wurde von einem leichten Schwindel erfasst.

Die wartende Menge am Wegesrand wurde unruhig. Auf der Arlington Memorial Bridge, die den Fluss überspannte, erschien die Spitze einer Prozession. Die kleine, tiefschwarze Limousine und das leichte Kavalleriepferd in etwa der Größe einer Statuette sahen ganz so wie eine Prozession von Puppen aus. Wie Spielzeugsoldaten für Jungen und französische Puppen mit weinenden Gesichtern für Mädchen. Die kleine Prozession bewegte sich langsam und würdevoll auf sie zu.

Sobald der Zug die Brücke überquert hatte, war er zwischen den Eichen nicht mehr auszumachen. Einige

Minuten verstrichen und dann zog er vor Bens Augen vorbei. Die gestrenge Ehrengarde der Marine, das sich nicht beruhigende, nach links und rechts tänzelnde Pferd ohne Reiter, der Munitionswagen mit dem von einem Sternenbanner in gedecktem Rot, Weiß und Blau bedeckten Sarg.

Hinter dem Munitionswagen die einflussreichen Persönlichkeiten der Welt, die den Weg mit Schritten heraufgingen, die sie wie eine Reihe von Wachsfiguren aussehen ließen. Charles de Gaulle neben Kaiser Selassie. Lyndon B. Johnson und Prinzgemahl Philip. Ikeda Hayato. Robert Kennedy mit Edward Kennedy. Diosdado Macapagal und Park Chung-hee. Zweihundert Bodyguards in Uniformen aus aller Herren Länder.

Eine Kapelle begann *Stars and Stripes forever* zu spielen. Ben erinnerte sich an die Bilder aus der Notaufnahme eines Krankenhauses in Texas, die im Fernseher des Salons liefen, und an den Jubel, der über die Magnolien vom Haus des Richters zu hören war.

»Seht!«

Plötzlich tauchte Jacquelines Gesicht vor ihm auf. Ihr langer Schleier war für Ben zum Greifen nah. Um sich davon zu überzeugen, dass es sich nicht um Fernsehbilder handelte, hätte er beinahe die Hand ausgestreckt und mit den Fingern nach dem Schleier gegriffen, der ihr bis zur Hüfte reichte. Gerne hätte er auch Jacquelines hageres, schönes Gesicht berührt.

»Seht! Seht doch!«

Jacqueline hatte ihren dreijährigen Sohn mit seinen auf Hochglanz polierten roten Schuhen und ihre siebenjährige Tochter, die im Haar ein schwarzes Band trug, mitgebracht. So, wie sie vor einer solch großen Menge auftrat – trauerte sie oder war sie von Stolz erfüllt? Ihr Gesicht, über das nicht eine Träne floss, war so blass wie das einer Puppe, die nicht einmal die Lippen bewegte.

Das Gesicht von Jacqueline glich auf verblüffende Weise dem Fernsehgesicht von Jacqueline, das er im Salon betrachtet hatte.

Auf dem Bildschirm, auf dem vor Tagesanbruch gewöhnlich nur die Wellen des Atlantiks zu sehen waren, tauchte das Gesicht von Jacqueline auf. Sie stieg aus der Präsidentenmaschine und tauchte vor den Flutlichtern auf. Den Rock, der von seinem Blut wie ein dunkel gesprenkelter Baumwollstoff befleckt war, hatte sie nicht gewechselt. Das Fernsehgesicht von Jacqueline hatte nichts von seiner Ausdruckslosigkeit verloren, so als widersetzte sie sich zweihundert Millionen Amerikanern mit einem »Nein!«.

Als Ben an der Wegbiegung auf dem Friedhof Jacquelines Gesicht sah, schienen ihre Selbstbeherrschung und Würde, die sie unter dem dünnen Schleier ausstrahlte, die an das Seil gedrängte Menschenmenge zurückzuschieben. Die Erwachsenen um ihn herum begannen einer nach dem anderen zu schweigen. Einige Leute weinten.

In diesem Moment sah es so aus, als ob um Jacquelines unbewegliche Lippen ein leichtes, bitteres Lächeln spielte.

Ihr seid doch alle Komplizen. Besser, ihr würdet aufhören zu weinen, dachte sie wohl. Ben betrachtete ge-

bannt das Gesicht von Jacqueline, die langsam vorbeiging.

In der dichtgedrängten Menge übertrug sich auf Bens
kleinen Körper der leichte Druck einiger Personen, die
gleichzeitig weggehen wollten.

Der Rücken der Witwe mit den beiden kleinen Kindern
verschwand hinter einer Biegung des ansteigenden
Weges und Totenstille legte sich wieder über die sanften
Hügel von Arlington.

Von der Kuppe des Hügels erklang leise ein Trommel-
signal.

Drei Salven donnerten.

Es hörte sich an, als würde dreimal scharf auf die Erde
geschossen.

Einige Jahre später las Ben in einer Zeitschrift, was ein
gewisser Dichter über jenen Tag geschrieben hatte. Dieser Tag, der letzte Montag im November, sei »der letzte
Tag gewesen, an dem Amerikaner in der Öffentlichkeit
Tränen vergossen hatten«.

Ben wunderte sich kaum darüber, dass die Mehrzahl
der Frauen in der Menge, die aus dem Friedhof heraus-
strömte und sich anschickte, zu den an beiden Seiten
der Route 50 zurückgelassenen Wagen zurückzukehren,
weinte. Vor dem Mahnmal zum Gedenken an die
Schlacht von Iwōjima mit seiner Flagge auf Halbmast
stand ein Mann mit Bürstenhaarschnitt. Der Mann, der
fast doppelt so groß war wie Ben, trocknete sich mit seinen großen, ungeschickten Händen die Augen. Als Ben

die Szene betrachtete, hatte er das Gefühl, unbewusst jenen äußerst seltenen Moment zu beobachten, in dem sich ein Astronaut um die Erde sorgt.

Nach und nach entfernten sich die Thunderbirds und Chevrolets auf der nördlichen und südlichen Fahrbahn der Route 50. Für einen kleinen Fußgänger war ein Highway bei Nacht schrecklich. Ben kehrte eilig zu dem Pfad aus Bahnschwellen zurück und lief in Richtung Talsenke.

Als er das auf »Stop« stehende, verwitterte Bahnsignal passiert hatte, tauchten in der dunkler werdenden Luft die Straßenzüge mit den kleinen Schindelhäusern auf. Jenseits der Brache war es still, und auch um das Haus des Richters, von wo am Freitagnachmittag unter Gejohle »Den Niggerfreund hat es erwischt!« erscholl, erklang am Montag in der Abenddämmerung kein einziger Ton. Durch die dünnen Wände der Häuser, die diesseits der Freifläche lagen, hörte man nur die nüchterne Stimme des Nachrichtensprechers.

Am Abendhimmel lag noch ein schwacher Schimmer. Es war die Zeit, von der es hieß, man könne Satelliten ausmachen, wenn man den Blick zum Horizont richtete.

Als Ben in den Weg einbog, der hinauf zum Haus seiner Mutter führte, konnte er durch die Fenster hinten in den Veranden der Häuser auf beiden Straßenseiten die vor dem Fernseher sitzenden Familien erspähen. Es waren auch Familien darunter, bei denen der Vater oder die Mutter fehlten. Während er den Weg hinaufging, wiederholten sich vor seinen Augen auf den links und rechts nacheinander auftauchenden kleinen Bildschirmen in den Fenstern dieselben Szenen:

Das Weiße Haus im strömenden Regen, der mit schwarzem Crêpe verhängte Kronleuchter.

Das Gesicht des Mörders am im Tiefparterre liegenden Eingang zu seiner Gefängniszelle, unmittelbar bevor ihm klar wurde, dass er ermordet wird.

Die weißen Handschuhe eines Jungen, der auf den Steinstufen der Kathedrale vor der Prozession für seinen Vater salutiert.

Der Sarg aus Mahagoni, der in das Grab hinabgesenkt wird, nachdem man das Sternenbanner heruntergenommen hat ...

Ben fühlte sich, als ob er von einem Programm zum nächsten umschaltete, während er den Weg hinauflief. Doch wie oft er auch umschaltete – es lief überall dieselbe Sendung. Ihn fröstelte, und er beschleunigte seine Schritte in Richtung des Hauses seiner Mutter.

Als er das Haus, welches das zweite nach einer Straßenbiegung war, sah, blieb er abrupt stehen. Ein kreideweißer Rettungswagen blockierte den schmalen Gehsteig vor dem Haus.

Gegen die voranschreitende Abenddämmerung zeichneten sich seine Konturen beinahe strahlend deutlich ab. Der Rettungswagen war einfach quer über den Gehsteig gefahren und stand direkt vor der Veranda.

Die Haustür stand sperrangelweit offen. Von drinnen hörte man die Stimme des Nachrichtensprechers auf CBS. Das Licht des Salons schien hinaus auf die weißgestrichene Veranda.

Ben war augenblicklich klar, was drinnen geschehen war.

Zuerst einmal war wahrscheinlich geweint geworden. Nachdem das »öffentliche Tränenvergießen« zu Ende gegangen war, ging wohl ein leiseres, im Schlafzimmer des ersten Stocks eingeschlossenes Schluchzen weiter.

Ben waren diese Geräusche vertraut.

Nachdem seine Mutter den Fernseher nach den Spätnachrichten ausgeschaltet hatte und hinauf in den ersten Stock gestiegen war, waren diese Geräusche oft zu vernehmen. Ben kannte jene hilflosen, nicht mehr zu unterdrückenden, aus dem ersten Stock verstohlen die Treppe herunterströmenden und schließlich das beengte Haus beherrschenden Geräusche gut.

Um Mitternacht, wenn alle Nachrichtensendungen vorbei waren, hörte er in seinem Zimmer im Erdgeschoss ein rhythmisch erklingendes Schluchzen, das ihn nicht schlafen ließ.

Wenn während des Schluchzens der Name seines Vaters fiel, hob Ben den Kopf vom Kissen, als hätte man neben seinem Ohr eine Pistole abgefeuert, und lauschte aufmerksam.

In der frostigen Abenddämmerung an diesem letzten Montag im November beobachtete Ben hinter dem Stamm einer am Gehsteig stehenden Eiche versteckt den kreideweißen Rettungswagen und das über dem Dach der Veranda liegende Fenster im ersten Stock, in dem Licht brannte. Als im Fenster die Schatten von Männern wie Fernsehwellen flirrten, konnte er sich leicht ausmalen, was im Haus vorging.

Irgendjemand in der Nachbarschaft musste angerufen haben. Ein Rettungswagen biegt vom Lee Highway in die ansteigende Straße ein – ohne Sirene, da das öfter vorkommt –, fährt quer über den Gehsteig und hält vor der Veranda. Zwei Männer in weißen Kitteln, die aus dem Rettungswagen ausgestiegen sind, betreten in aller Ruhe den Salon über die Veranda. Vor den Buddhastatuen und dem großen Teller aus Kutani-Porzellan, die dekorativ auf dem Fernseher stehen, halten sie für einen Moment verwundert inne und beginnen dann, die Treppen hinaufzusteigen, wobei sie den einem schalen Eau de Cologne ähnelnden Geruch eines Antiseptikums hinter sich herziehen. Es sind immer dieselben zwei. Der hintere Mann von kräftiger Statur mit einer langen Injektionsspritze in der Hand und der vor ihm gehende schlanke Arzt mit Brille kommen oben auf der Treppe an und gehen dann in Richtung des weiter hinten liegenden Schlafzimmers. Sie appellieren im sanften Dialekt des Südens: »Bitte, Mrs. Isaac, bitte!«

Das Schluchzen hört sofort auf. Aus dem Zimmer ertönt ein vehementes »Nein!«.

Im Brustton der Überzeugung bringt seine Mutter den Standardspruch aller Nervenschwachen vor: »Ich bin doch normal!«

Der vordere Weißkittel betritt schweigend das hintere Schlafzimmer und schickt sich an, seine Mutter am Arm zu fassen.

»Ich bin normal! Nehmt doch Jacob mit!«, skandiert sie den Namen von Bens Vater.

Als der hintere Weißkittel eintritt, wird er vom vorderen Weißkittel angewiesen: »Halten Sie sie an der Schulter fest!« Abermals erreicht ein geschrienes »Nein!« den Treppenabsatz im ersten Stock. Der bereits etwas dicklich gewordene Hals seiner im Bett sitzenden Mutter zittert. Neben dem Bett hängt ihre Serviererinnenuniform.

»Ich bin doch das Opfer. Nehmt nicht mich, sondern Jacob mit!«

Beide Weißkittel antworten in den »Diskussionen« mit seiner Mutter immer mit einem Grinsen. Ohne vom Grinsen oder dem sanften Tonfall – der zu bedeuten scheint »Allein schon weil das Opfer der Verlierer ist, bist du nicht normal. Somit steht fest, dass du nicht normal bist« – abzulassen, bereiten sie eine Beruhigungsspritze vor und der vordere Weißkittel beginnt, den Ärmel seiner Mutter hochzukrempeln.

In dem Moment, als der mit Alkohol getränkte Wattebausch den Arm seiner Mutter berührt, gibt sie ihren Widerstand sofort auf.

Die Schatten im Fenster der ersten Etage waren nicht mehr zu sehen. Nur ein ganz kurzer Aufschrei hallte durch die Schindeln auf den dunklen Gehsteig.

Ben, der hinter dem Stamm der Eiche versteckt war, vernahm aus dem Dunkel im Süden das Pfeifen einer Lokomotive.

Man hörte hastige Schritte die Treppe heruntersteigen. Durch die offene Tür trat seine Mutter von den zwei Weißkitteln gestützt auf die Veranda. Das dicke, goldfarbene Haar seiner Mutter wurde im hellen Licht der Veranda zu einem goldenen Schleier. Sie sah aus wie eine hübsche Witwe, die von zwei Männern gestützt in den Wagen, der die Trauernden zur Beisetzung bringt, einsteigen wird. Ben wollte hinüberlaufen und das hagere Gesicht seiner verblüfften Mutter berühren, aber er zögerte, so als ob er vom soliden Stamm der Eiche zurückgehalten würde.

Der in der Nacht kreideweiß glänzende Rettungswagen passierte den Bahnübergang, an dem, solange man auch wartete, kein Zug kommen würde, und fuhr langsam in Richtung Highway.

Die zu einem Forte anschwellende Musik (es war wohl Dvořáks *Aus der Neuen Welt*) hatte Ben wieder zu sich kommen lassen.

Der Regen hatte aufgehört, das hin und wieder aufblitzende Licht wurde durch das whiskeyfarbene Fensterglas gedämpft, zu einem Lichtstrahl gebündelt und schien weit bis ins Erdgeschoss hinein. Es machte den Staub und den Zigarettenqualm sichtbar, und auf die Schultern der auf der einen Seite des Ganges sitzenden Reihe von Gästen fiel das Licht so, dass es wie Schulterabzeichen aussah.

Das Fūgetsudō war voll besetzt. Die zu tiefem Schwarz zusammengedrängten Gäste an den runden Tischen, die zu beiden Seiten des Ganges im Erdgeschoss aufgereiht waren, sprachen mit lauter Stimme, um mit Dvořák mithalten zu können. Neben Frauen in Jeans, die einander unter »Wirklich?« und »Ja, wirklich!« beteuernd ernsthaft zunickten, sprach ein vor der Zeit kahl gewordener, von japanischen Studenten umringter Europäer leidenschaftlich von »Erleuchtung, Erleuchtung«.

Ben knüllte die mittlerweile leere Schachtel Long Peace zusammen, dann schmiss er sie auf den Tisch und erhob sich von seinem Stuhl. Er warf einen Blick auf das Flüchtlingsmädchen, stieg ins Erdgeschoss hinab und ging unter den Augen von einigen Dutzend Personen direkt an dem bis knapp neben den Gang reichenden Lichtstrahl entlang. Er bezahlte mit zwei 100-Yen-Scheinen und einigen Münzen seine Zeche für den Kaffee und verließ nach sieben Stunden das Fūgetsudō.

Auch als Ben hinausgetreten war, bewegte er sich unter den Blicken der Leute. Er lief inmitten der Neugierde, des Hasses, der grundlosen Bewunderung und der nicht nachvollziehbaren Verachtung, die – kaum dass sie ihn fokussiert hatten – abwechselnd in ihren Pupillen aufblitzten, als hätten sie nur auf ihn gewartet.

An der Ecke der Straße mit der Weide bog er in eine Seitengasse. Er spürte wohl, dass er Hunger hatte, aber er hatte keine Lust, in eines der die Gasse säumenden Restaurants, in ein Café oder in eine der Kneipen zu gehen, deren Papierlaternenlichter bereits schwach leuchteten, obwohl es beim Übergang vom Nachmittag in die Abenddämmerung noch hell genug war. Er wollte an diesem Tag nicht auf die Fragen antworten, die ihm sicherlich von ein, zwei erstaunten Personen gestellt würden.

Woher kommst du?

Weshalb bist du hier?

Warum gehst du nicht zurück?

Es war Ben an diesem Tag gegen Ende November einfach nicht danach, sich mit solchen Fragen auseinanderzusetzen.

An der Hauptstraße bog er nach links ab. Ziellos lief er weiter, wohin ihn seine Füße trugen. Er kam schließlich am Osteingang des Bahnhofes heraus. In der Nähe des Eingangs hatten sich Hippies gleich farbenfrohen Schnecken versammelt. Auf einem Laster stand ein Mann in Uniform und brüllte, während er ihnen mit der Faust drohte, alleine gegen den sich tiefblau verdunkelnden Himmel über dem Bahnhof.

Als Ben, den Bahnhof im Rücken, den Eingang zu einem schmalen Pfad zwischen den Gebäuden entdeckte, bog er dort hinein. Er folgte dem sanft bergab führenden Weg, wobei er die in Scharen ihm entgegenkommenden Personengruppen auseinander drängte. Er lief unter den Oberleitungen, an denen der Wind zerrte, auf einer weiteren breiten Straße zwischen den hin- und herfahrenden Straßenbahnen hindurch und ging auf der anderen Seite einen mit Sonnensegeln überdachten Gehsteig noch weiter bergab.

Ben trat auf einen Platz hinaus.

Der Platz war auf allen vier Seiten von Kinos und von einem Theater umgeben. Von der Mauer des Theaters blickte das riesige Gesicht einer singenden Dame im Kimono stolz auf den Zugang des Platzes herunter.

Aus allen Richtungen mündeten Sträßchen, Gassen und schmale Wege auf den Platz.

Auch die Wege der Talsenke würden bald auf den Platz münden. Und mit der Mündung endeten sie, so der Eindruck von Ben, der vor dem Theater stehen geblieben war.

Auch wenn man jahrelang weiterginge, würde man doch letzten Endes hier ankommen, schien es Ben, und er lief auf den Springbrunnen in der Mitte des Platzes zu. Neben ihm selbst versammelten sich hier eine Menge jugendlicher Ausreißer. Unter ihren nicht skeptischen, sondern eher verwunderten Blicken, die sich mit denen der Halbstarken und Prostituierten vereinigten und ihn hemmungslos anstarrten, setzte sich Ben auf die Bank an der Seite des Springbrunnens.

Er schob die Hände in die Taschen. Es war kein Ausweis darin und er hatte noch 2 500 Yen.

»Wenn die Restaurants sich geleert haben, dann gehe ich irgendwo rein«, hörte sich Ben zu sich selbst sagen.

Er wandte den Blick von den sich im Wasser des Brunnens brechenden Neonlichtern und den grellen Werbetafeln ab und schaute hinauf in den Himmel von Shinjuku, dessen Dunkelblau sich weiter zu Schwarz vertiefte. Von der Bank drang die Kälte in seinen Körper.

Etliche, den Vorführungsbeginn von Filmen verkündende Klingeln ertönten gleichzeitig.

Ben spürte, wie in dem Moment, als er sich dem ohrenbetäubenden Lärm zuwandte, der »November« im Kern seines Kopfes in sich zusammenzufallen begann.

Dritter Teil

Kameraden

1

Noch unter dem Futon richtete Ben seinen Oberkörper auf und suchte tastend nach dem Fensterriegel. Er fühlte sich, als fingere er am Schloss eines geheimen Kästchens. Als er den Riegel dreimal herumgedreht hatte, öffnete sich das Fenster plötzlich, und er blickte über das abwechselnd grau und blau wogende Meer aus Dachziegeln. Dort, wo sich die Dächer der zweistöckigen Häuser erstreckten, ragte im pinkfarbenen Abendrot hier und da ein Gebäude heraus. Je weiter Ben seinen Blick die Anhöhe hinauf richtete, desto dichter standen dort die Gebäude, und wo sowohl die Dachziegel als auch der Beton zu Ende gingen, brannten erst zwei, dann drei kleine Lichter in einer Reihe, wie die drei Sterne des Orion. Es waren die Lichter, auf die Andō an einem Abend im Herbst gezeigt und ihm mit einem nervösen Lachen erklärt hatte: »Das ist Shinjuku!«

Für Ben war es an der Zeit, sich allmählich auf den Weg zu seiner Arbeit in Shinjuku zu machen.

Ben wandte sich wieder dem Zimmer zu und kehrte nun den Lichtern am Horizont den Rücken. Das viereinhalb Tatami große Zimmer, in dem sich Andō seit dem Nachmittag nicht mehr hatte blicken lassen, schien auf merkwürdige Weise geräumig zu sein, obwohl es voller Bücher, Schallplatten und leerer Nikka-Whiskeyflaschen war. Getrieben von dem Drang, den sonst vom massigen Körper Andōs eingenommenen Platz nun selbst ausfüllen zu müssen, ließ Ben seinen Blick über Andōs auf den Tatami verstreute Sachen schweifen und stoppte ihn an der Wand gegenüber dem Fenster.

An der Wand hing Andōs Studentenuniform. Die große, pechschwarze Uniform beherrschte das Zimmer mit seinen viereinhalb Tatami, das gerade noch vom Nachglanz der Abenddämmerung beschienen wurde. Die untere Körperhälfte noch unter dem Futon, robbte Ben langsam in Richtung Wand.

Im Zimmer selbst und auch draußen auf dem Flur war es totenstill.

Er blickte zur Studentenuniform hinauf. Er erinnerte sich daran, wie er an einem Abend im Herbst der die Uniform tragenden schwarzen Gestalt Andōs folgend zum ersten Mal durch die Gassen von Tōkyō gelaufen war.

Ich möchte die Studentenuniform von Andō anziehen. Dieser Drang trieb Ben um.

Er wollte seinem hageren, bleichen Körper die pechschwarze, viel zu große Kleidung anlegen und aus Andōs gemietetem Zimmer hinaus nach draußen gehen. Dann würde er zu einem aus der Menge derer werden, die zuhauf in der Umgebung der Waseda-Universität herumliefen und die gleiche Uniform wie Andō trugen. Er wollte sich unter sie mischen und mitgehen … Ben streckte von unten die Hand aus und berührte die Studentenuniform. Das Gewebe war erstaunlich grob. Er fuhr mit der Handfläche über die Brusttasche und löste den ersten Knopf des Kragens. Mit den Fingerspitzen befühlte er das Muster aus komplizierten Schriftzeichen, die in den Knopf graviert waren. Im dunklen Zimmer schimmerten die drei übrigen Knöpfe stumpf.

Aus dem Nachbarhaus waren der Klang eines Pianos und eine grelle Stimme wie die eines johlenden Kindes zu hören.

»Lass es lieber bleiben!«, befahl eine Stimme auf Japanisch irgendwo in seinem Kopf. Ben zog seine Hand von Andōs Kleidung weg und ließ den Knopf offen.

Als er den Futon zur Seite geschlagen hatte und aufgestanden war, zog er gleich seine Jeans, sein Flanellhemd und darüber die blaue Jacke an. Mit halb verschlafenem Gesicht trat er auf den Flur hinaus.

Unten im Erdgeschoss stellte er sich vor das Waschbecken an der Seite des Eingangsbereiches und griff nach dem Rasierer, den Andō unter dem Spiegel hatte liegen lassen. Es war einer von den kleinen Rasierern, wie sie mit einem Gummiband gebündelt im öffentlichen Badehaus verkauft wurden. Ben nahm den kleinen Rasierer, den der große Andō benutzt hatte, und so wie es Andō machte, bespritzte er sein Gesicht mit kaltem Wasser und fabrizierte irgendwie aus Seife Schaum. Erst in dem Moment, in dem die durch häufigen Gebrauch stumpf gewordene Klinge seine Wange berührte, wurde Ben richtig wach.

Im Verlauf des Erwachens formte sich sein Gesicht im Spiegel allmählich zu den Konturen eines Weißen. Ben war überrascht und er murmelte unwillkürlich: »Oh, das Gesicht eines Ausländers!« Das Gesicht im Spiegel war von heller Farbe. Es unterschied sich völlig von dem Andōs oder denen der Leute in Shinjuku. Seit Ben das amerikanische Konsulat verlassen hatte, passierte es nicht zum ersten Mal, dass er beim Anblick seines eigenen Gesichtes erschrak.

Nachdem Ben ausgerissen war, meinte Andō, bestimmt aus Mitleid wegen seiner hellen Gesichtsfarbe: »Da du sonst niemanden hast, bei dem du unterkommen kannst, kannst du eine Weile bei mir übernachten.«

Dieses Gesicht war auch irgendwie dem seines Vaters ähnlich. Jedes Mal, wenn er die ein stechendes Licht aussendenden, unter einer zu großen Stirn liegenden graublauen Augen erblickte, hatte Ben das Gefühl, von seinem Vater angesehen zu werden. Ihm kam die Rüge seines Vaters in den Sinn: »Und wenn du dir auf dem Platz vor dem kaiserlichen Palast den Bauch aufschlitzt – niemand wird dich als Japaner ansehen!«

Soweit möglich, vermied Ben den Blick in einen Spiegel, seit er von zu Hause fortgelaufen war.

Der Geruch von Fisch, der in der Küche des Nachbarhauses gebraten wurde, zog durch den Eingangsbereich des Mietshauses und drang in Bens Nase.

Er trocknete sich mit Andōs Handtuch das Gesicht ab und trat in den Eingangsbereich. Zwischen den schwarzen Schuhen, die dort auf dem Boden herumstanden, entdeckte er sofort seine eigenen großen, braunen Halbschuhe, die ihm seine Mutter im letzten Jahr in Virginia gekauft hatte und die jetzt schon ziemlich abgetragen waren. Bei Ben waren nur die Füße größer als bei Andō.

Als er die Hauptstraße erreicht hatte, schlüpfte er unter dem Schild »Bäckerei Yamazaki« hindurch und kaufte ein Buttercrème-Stückchen und zwei Doughnuts mit roter Bohnenpaste. Während ihm an diesem Tag zum ersten Mal »Sie sprechen aber gut Japanisch!« in den Ohren klang, was ihm zusammen mit dem Wechselgeld angetragen wurde, schlang er das Buttercrème-Stückchen mit einem Bissen hinunter.

Jeden Tag stand er exakt dann auf, wenn die untergehende Sonne durch das Fenster in Andōs Zimmer schien, reichte der Verkäuferin unter dem Schild »Bäckerei Yamazaki« fünfunddreißig Yen und kaufte sein »Frühstück«. Dann wurde ihm jeden Tag von derselben Verkäuferin »Sie sprechen aber gut Japanisch!« gesagt. Wenn er den auf das »Sie sprechen aber gut Japanisch« folgenden Fragen ausweichen wollte, die ihm unweigerlich gestellt wurden, falls er mal ein bisschen länger im Laden blieb, dann setzte Ben sein »japanisches Lächeln« auf und nickte dazu, zog sich mit seinem Kuchen in der Hand aus dem Laden zurück und trat wieder hinaus auf den Gehsteig.

An der Kreuzung mit dem Wachtmeisterhäuschen bog er nach links ab, wobei er von den Doughnuts mit roter Bohnenpaste abbiss. Über dem Betonturm der philosophischen Fakultät war der Abendhimmel bewölkt. Aus einem Tor drängten die Studenten der Waseda-Universität zu dritt oder viert auf den Gehsteig hinaus. Eins nach dem anderen gingen die Grüppchen mit schwarzen Haaren, in schwarzer Studentenuniform und schwarzen Schuhen an Ben vorbei. Während er hinter sich zwei, drei »Hello!« über den Gehsteig kommen hörte, schritt er durch das Tor und tauchte in die noch größere Dunkelheit unter den kahlen Zweigen der Alleebäume ein. Als er dachte, dass seine Gestalt nicht mehr zu erkennen sei, so als hätte er sich mit der Dunkelheit der Alleebäume getarnt, verspürte Ben neben einer Beruhigung auch eine Art von Freude.

Ben erreichte das Ende der Allee. Gegenüber den Wohnblocks auf der Anhöhe lagen die Lichter von Shinjuku, die wie Goldstaub am Horizont schwebten.

Er betrat den Park unterhalb der Anhöhe, folgte dem Pfad, den Andō ihm gezeigt hatte, und begann, den Hügel hinaufzusteigen. Elektrisches Licht beschien hier und dort gerade noch den Pfad. Währenddessen begann im Lichtschein ganz schwach Schnee zu fallen.

Oben angekommen ging er an den Wohnblöcken vorbei, und ein Stückchen weiter schien ihm ein reißender Strom aus kaltem, blendendem Licht in die Augen.

Er war an der Hauptstraße angekommen.

Im Gegensatz zu dem Weg, den er bisher gegangen war, kannte Ben den Namen dieser Hauptstraße. Von Andō hatte er ihn nicht gehört. In der Zeit, in der er von Andōs Zimmer nach Shinjuku ging, hatte er ihn sich mittlerweile selbst gemerkt.

Die Meiji-Straße. Sie saugte das Licht in Richtung Shinjuku an und trug auch das Licht aus Shinjuku heraus. In dem Augenblick, in dem er jeden Abend den Pfad im Park vorbei an den Wohnblöcken entlangging und diesem Licht ausgesetzt war, durchlief ein glückerfülltes Zittern Bens Körper, und er beschleunigte unwillkürlich seinen Schritt. Er ging nach Shinjuku, das zum Greifen nah schien, und ließ sich insgeheim vom

Strom der den Gehsteig der Meiji-Straße entlangeilenden Leute mitziehen.

Nach nicht einmal fünf, sechs Minuten begann die Meiji-Straße sanft abzufallen, und man konnte sehen, wo sie sich ganz unten teilte. Die lange Fußgängerbrücke, die sich über die Gabelung spannte, schimmerte im leichten Schneefall weiß. Der Straßenbahn folgend, die diesseits der Gabelung ruckelnd nach rechts abbog und verschwand, lief Ben zwischen den zweistöckigen Häusern entlang der im Bogen verlaufenden Schienen. Obwohl es noch nicht Nacht war, hallten bereits Jazz und japanische Schlager durch die Straßen. Von einem Trockengestell an einem Fenster im ersten Stock hingen gewaschene Kleider und Handtücher herunter. Sie waren von Schnee bedeckt, so als ob man sie vergessen hätte. Am Fenster gegenüber saß eine Frau, und Ben bemerkte, dass sie ihn von oben dabei beobachtete, wie er sich vorsichtig auf den weißen Schienen gehend näherte.

Von der Frau, die um die fünfzig war und wie eine Dame wirkte, sah man durch das Fenster nur das geschminkte Gesicht und die mit einem Satinkleid bedeckten Schultern. Wahrscheinlich saß sie am Fenster und betrachtete die verschneite Aussicht, um die Zeit bis zur Öffnung ihres Geschäftes totzuschlagen.

Ben brachte sich unbewusst in Stellung, denn er vermutete, wieder einmal angesprochen zu werden.

Vor dem Gesicht der Frau bildete der fallende Schnee einen dünnen Schleier. Als Ben fast bei ihr angekommen war, zögerten die roten Lippen der Frau hinter dem Schleier, als wüssten sie nicht, in welcher Sprache sie ihn ansprechen sollten. Dann wurde Ben von einer männlichen Stimme ein »Kalt, nicht?« entgegengeschleudert.

Ben erschrak und für einen Moment fühlte er eine Ratlosigkeit, als ob in seinem Kopf alle Wörter durcheinandergepurzelt wären. Er schaute zum Gesicht der Tunte im Fenster hinauf, die in Erwartung einer Antwort forschend zu ihm herunterblickte, und er entgegnete die einzig passenden Worte: »Das kann man wohl sagen!«

Als die Tunte aus Bens Munde die Stimme eines Japaners hörte, lachte sie rau auf und meinte: »Allerdings kann man das sagen!«

Es war auf eine Art ein freundliches Lachen. Der Mann, der eine Frauenrolle lebte, hörte sich so an, als durchschaue er Bens Identität und als erkenne er gleichzeitig die Person an, die Ben zu sein vorgab.

Ben beschleunigte wieder seine Schritte, während er den Blick des von anderen Männern abweichenden Mannes im Rücken spürte, und erreichte die Stelle, an der eine Gasse die Schienen kreuzte. Er ging zwischen den Japanern durch, die den Eingang des Amüsierviertels Golden Gai in beide Richtungen passierten, bog nach rechts ab und eilte zu seiner Arbeit.

2

Zwei, drei Tage bevor er vom Konsulat weggelaufen war, hatte Ben sich – ohne mit seinem Vater oder der Frau seines Vaters ein Wort zu wechseln – in seinem Zimmer eingeschlossen und einen Roman gelesen, dessen Protagonist stotterte.

Der Roman war von dem Schriftsteller in Militäruniform geschrieben, mit dessen Foto Andōs Zimmer dekoriert war. Ben las die englische Übersetzung, deren Einband das Bild eines goldenen, von Flammen umschlungenen Phönix zeigte.

Er hatte zuvor noch keinen japanischen Roman gelesen. Im Arbeitszimmer seines Vaters, das an sein Zimmer angrenzte, standen reihenweise alte Bücher über chinesische Philosophie oder die Geschichte des Orients. Aber darunter war, abgesehen von Koizumi Yakumos *Kwaidan* oder *Kottō*, kein einziger japanischer Roman zu finden.

Während er hinter sich das Schlagen des Sternenbanners hörte, das sich in dem durch den Yamashita-Park ziehenden Hafenwind blähte und vor dem gesamten Schlafzimmerfenster flatterte, blätterte Ben die Seiten des Taschenbuches um, auf dem über dem Bild des Phönix der Titel *The Temple of the Golden Pavillon* in goldfarbener Prägung stand. Er richtete seinen Blick starr auf jeden einzelnen der kurzen Absätze und las sehr aufmerksam, gerade so wie er als Mittelschüler versucht hatte, vom Rauch seiner ersten Zigaretten immer nur ein bisschen zu inhalieren, um sie auszukosten.

Der Name des Stotterers lautete Mizoguchi. Die Abschnitte, in denen dieser Mizoguchi geschildert wurde, zogen Bens Aufmerksamkeit besonders auf sich, und unwillkürlich las er diese Stellen mehrere Male.

»The first sound is like a key …«, stammelte Mizoguchi seinen ersten Laut. Dieser erste Laut »ist zwar so etwas wie ein Schloss an der Tür zwischen meiner inneren und meiner äußeren Welt, aber dieses Schloss hat sich noch nie leicht öffnen lassen.«

Der Schriftsteller in der Militäruniform beschrieb das Gestammel dieses ersten Lautes mit:

like a little bird struggling.

»Es ähnelt einem kleinen Vögelchen, das sich abmüht, dem dickflüssigen Vogelleim zu entkommen. Doch wenn es dann endlich entkommt, ist es bereits zu spät.«

Ben versuchte sich das Gesicht des »Es ist zu spät« sagenden Stotterers vorzustellen und erging sich in den verschiedensten Vermutungen, aber letztlich passte keines der Bilder.

Hinter sich hörte er von draußen her leise Schritte. Es waren langsame Schritte mehrerer Personen. Als er sich umdrehte und flüchtig aus dem Fenster nach unten blickte, näherten sich auf dem Gehsteig der Yamashita-Kōen-Straße einige Japaner dem Eisenzaun des Konsulats.

Ben legte das englischsprachige Buch auf den Tisch und schloss die Augen. Statt eines präzisen, zum Stotterer passenden Bildes schwebte ihm das Foto des Schriftstellers vor, mit dem Andō sein Zimmer geschmückt hatte. Dieses Bild hing neben der Studentenuniform. Er konnte sich genau an das kleine, unter dem Schirm der Militärkappe in Andōs Zimmer hineinstarrende Gesicht und an die Strenge des Blickes erinnern.

Dieser Blick war nicht nur streng. Er hinterließ den merkwürdigen Eindruck, dass diese Strenge eine weitere Gemütsregung nicht recht auszudrücken vermochte und deshalb die Augen stotterten. Als er sich in seinem Zimmer im Konsulat an das Gesicht erinnerte, das er auf dem Foto bei Andō gesehen hatte, verstärkte sich dieser Eindruck nur noch mehr.

Von jenseits des flatternden Sternenbanners drangen die Unterhaltung der vor dem Eisenzaun vorbeigehenden Japaner sowie ihr gleichzeitig aufbrandendes und dann wieder abebbendes Gelächter bis zu seinem Zimmer im ersten Stock des Konsulats herauf.

Ben dachte, dass wohl für einen Stotterer die Stimmen nicht stammelnder, gewöhnlicher Personen den japanischen Stimmen ähnlich sein müssten, die er bis ins Konsulat hören konnte.

Auch nachdem Ben vom Konsulat ausgerissen und in Shinjuku gelandet war, kam ihm der Stotterer Mizoguchi oft in den Sinn.

The first sound is like a key ...

Wenn Ben sich in Shinjuku mit Leuten unterhielt, denen er zum ersten Mal begegnete, dann tauchten mit den ersten Worten aus seinem Mund auch Probleme auf. Sofort, wenn der Gesprächspartner bemerkte, dass diese Worte auf Japanisch geäußert wurden, zeigte sich ganz bestimmt ein Ausdruck des Erstaunens auf seinem Gesicht. Bens weiteres Japanisch schien er gar nicht mehr hören zu können, als hätte dieses Erstaunen ihm die Ohren verschlossen. Es war, als ob sich der Schlüssel nicht mehr bewegte, kaum dass er zum Aufsperren ins Schloss gesteckt worden war: Sobald Ben etwas gesagt hatte, machte der andere ein missmutiges Gesicht und schwieg. Oder er entgegnete als anderes Extrem Phrasen wie »Sie sprechen aber gut Japanisch!« oder »Toll, Ihr Japanisch!«. Er erwiderte auch nichts auf Bens Aussagen und erhob absichtlich den Japanisch sprechenden Ben mit seinem bleichen Gesicht zum Thema der Unterhaltung.

»Du bist in Japan, also musst du Japanisch sprechen!«, war ihm von Andō gesagt worden, und seither versuchte Ben, Japanisch zu sprechen. Er streifte hinter Andō durch die Wege und ansteigenden Gassen in der Umgebung der Waseda-Universität und hatte mittlerweile schon vergessen, dass der Strom der aus seinem Mund kommenden Laute Japanisch war. Im Zeitpunkt des Vergessens hatten sich diese Laute vielleicht zum ersten Mal zu Japanisch geformt. In Andōs Mahnung »Du musst Japanisch sprechen!« schwang auch »vergessen« mit. »Vergiss Englisch, vergiss Amerika, ich weiß nicht, was dir in Amerika passiert ist, aber vergiss das alles!« Es hörte sich für ihn wie ein Befehl von Andō an. Und tatsächlich: Ben gelang das Vergessen wirklich, wenn er Andō Japanisch sprechen hörte und in seinem eigenen erbärmlichen Japanisch antwortete.

Doch einmal in Shinjuku angelangt, fiel ihm zum ersten Mal auf, dass es wirklich viele Japaner gab, die ihn – im Gegensatz zu Andō – nicht vergessen ließen, nein, die es sogar als schlimm erachteten, wenn er vergessen würde. Ben traf nicht ausschließlich auf Schweigen oder Phrasen, die ihn über den grünen Klee lobten. Wenn der Gesprächspartner durch den Klang der ersten Worte Bens Haltung, vergessen zu wollen, ahnte, dann gab er überhaupt keine Antwort. Ja, hin und wieder wurde er sogar mit der Heftigkeit, mit der man Steine nach einem plötzlichen Eindringling wirft, mit bruchstückhaftem Englisch bombardiert, das weitaus schlechter als Bens Japanisch war.

Je flüssiger im Vergleich zu einem Stotterer die Worte aus Bens Mund strömten, desto eher bildete das Erstaunen der Leute einen Damm und seine Worte wurden wieder in seine innere Welt zurückgedrängt. Wenn Ben mit anderen japanischen Vokabeln eilig eine Aussage neu formulierte, dann war es bereits zu spät.

Weil man ihm nicht zu vergessen erlaubte, wurde es für ihn zu spät.

Ben war Ende November von zu Hause fortgelaufen. Nachdem er einen Tag in Shinjuku herumgeirrt war, erreichte er schließlich bei bereits einsetzender Dunkelheit einen Platz. Mitten auf dem Platz stand ein Springbrunnen. Als er sich auf eine Bank am Rande des Springbrunnens setzte, brannten auf dem Platz die Lichter und ein kalter Wind strich über die Oberfläche des Wassers im Brunnen, was aussah, als hätte jemand eine Handvoll Kieselsteine hineingeworfen, und neonfarbene Gischt spritzte auf den Saum seiner Hose.

Die Klingeln für den Vorführungsbeginn in den Kinos, die den Springbrunnen auf drei Seiten umgaben, ertönten gleichzeitig. Nach dem Klingeln herrschte für ein paar Sekunden Stille auf dem Platz, wo sonst ein reges Kommen und Gehen herrschte. Als Ben merkte, dass sein Bewusstsein schwächer zu werden begann, wurden doch seltsamerweise die Stimmen der Leute um ihn herum lauter und er konnte die einzelnen Stimmen voneinander unterscheiden.

Noch merkwürdiger fand er es, dass er jetzt zum ersten Mal in seinem Leben die vielen Stimmen, die er um sich herum hören konnte, diese japanischen Stimmen verstand. Ihm fiel auf, dass er sie genauso verstand wie seine eigene Stimme. Es war, als ob sie vom Theater und den Kinos auf den drei Seiten zurückgeworfen würde, als ob aus seiner Stimme viele japanische Stimmen sowie auf »da« und »yo« und »wa« und »ze« endende Wörter entsprangen und üppig wuchernd den tiefschwarzen Himmel über dem Platz bedeckten.

Die Kälte des Bodens übertrug sich von der Bank auf Bens gesamten Körper und er begann zu zittern. Wohin der »November« wohl verschwunden sein mochte? Es hallte in seinen Ohren, als forderten die aus allen Richtungen kommenden und sich mit den Lauten des Springbrunnens vermischenden japanischen Stimmen: »Vergiss!«

Mit einem leisen Lächeln schloss Ben die Augen, und sein Bewusstsein verschwamm allmählich.

Bei Tagesanbruch wachte er auf dem Platz auf. Als er nach oben blickte, bemerkte er ein, zwei weiße Lichtstrahlen, die am unregelmäßigen Rechteck des Himmels erschienen.

Die Geräusche der ersten Bahn erklangen.

Als er sich von der Bank erhob, fühlte er sich etwas benommen. Es war ein Gefühl, als sei unbemerkt eine nicht zu benennende, schwere Last von ihm genommen worden.

Die reine Luft in Shinjuku! Ben blickte langsam über den Platz. Sowohl auf den Bänken zu beiden Seiten des abgestellten Springbrunnens als auch auf den zum Brunnen hinaufführenden Steinstufen schliefen Leute, die sich in zerlumpte Futons oder Zeitungspapier gewickelt hatten. Vor dem Theater hockten Tabi mit Gummisohlen tragende Männer in schwarzer Arbeitskleidung in einem Kreis und aus der Distanz sah es so aus, als bewegten sie nur geschäftig ihre Hände. Aus dem Kreis kommend zerriss der Jubelruf »Akatan!« die Stille auf dem Platz.

Als Ben aufstand, fühlte er sich wacklig auf den Beinen. Er schien den Leichnam eines weiteren Selbst auf der Bank zurückgelassen zu haben. Den siebzehnjährigen Sohn des amerikanischen Konsuls, der sich Ende November zur Abenddämmerung auf den Platz in Shinjuku verlaufen hatte und dort am Rande des Springbrunnens früh verstorben war. Die Leiche eines jungen Yankees mit blassem Gesicht, der letzten Endes nicht nach Hause zurückgekehrt war.

Ich sollte schnell verschwinden, bevor mich die Leute entdecken. Ben entfernte sich übereilt von der Bank, stieg behände die Steinstufen des Springbrunnens hinab und trat auf die Mitte des Platzes. Nachdem er den Reißverschluss seiner blauen Jacke bis zum Hals hochgezogen hatte, überquerte er den Platz in Richtung Theater.

Er lief unter dem Plakat einer Sängerin im Kimono entlang, das die Wand des Theaters schmückte, und ging an Leuten in schwarzen und braunen Mänteln vorbei. Im Gegensatz zum Vortag kamen ihm – warum auch immer – bei ihrem Anblick keine Wörter wie »Japaner« oder das hiesige *nihonjin* in den Sinn. Außerdem konnte er nur ein geringes Erstaunen über sich selbst empfinden, als er sich mitten unter ihnen bewegte.

Vielleicht lag es am Charakter des Ortes »Shinjuku«, dass es schien, als seien auch die Passanten alle hier, weil sie von zu Hause ausgerissen waren. Ob »Shinjuku«, über das Andō so oft sprach, letztlich einen Ort bedeutete, von dem aus niemand nach Hause zurückkehrte? In Bens Kopf erhob sich auf Japanisch seine Stimme, die der von Andō ähnlich, aber doch unverwechselbar war. Diese Stimme verkündete: »Hier muss ich sein!«

Ben bog in eine auf den Platz mündende Seitengasse.

Die Seitengasse führte von der Straße, wo die Straßenbahn fuhr, eine lange Strecke mit leichtem Gefälle bis zu dem Platz hinab. Als er den Spielsalon am Anfang der Seitengasse passiert hatte und noch ein wenig weitergegangen war, kam an der Ecke, wo sich die Gasse mit dem übernächsten Weg kreuzte, ein weißes Neonschild auf Englisch in sein Blickfeld. Wegen des fahlen Morgenlichtes wusste er nicht, ob dieses Neonschild brannte oder nicht. Es war das Neonschild eines Cafés, auf dem in gotischer Schrift »Cassle« stand.

Ben näherte sich dem Cassle. Seitlich der Glastür unter dem Neonschild hing ein Plakat. Die knallroten Schriftzeichen ganz oben auf dem Plakat zogen Bens Blicke stärker auf sich als die lateinischen Buchstaben: »15 000 Yen pro Monat«.

Ben ging ganze zwei Mal die Seitengasse auf und ab und kehrte schließlich zum Cassle zurück, nachdem er noch einmal durch die Gassen in der Umgebung gestrichen war. Er stand eine Weile zögernd auf der mittlerweile heller gewordenen Straße, fasste jedoch bald ob der knallroten Schriftzeichen »15 000 Yen pro Monat« Mut und öffnete die Glastür.

Als er eintrat, fiel ihm zuerst auf, dass sowohl im Erdgeschoss als auch im ersten Stock oberhalb der breiten Treppe große Kronleuchter von der Decke hingen. Ben fühlte sich einen Augenblick an die Eingangshalle des Konsulats erinnert. Doch die Kronleuchter im Cassle waren nicht wie die im Konsulat aus durchscheinendem Kristall, sondern aus milchigem Plastik. Die beiden Plastikkronleuchter waren nicht mal eingeschaltet. Nur die zwei, drei durch die Glastür hereinscheinenden Strahlen des natürlichen Morgenlichtes erhellten das Cassle.

An der Kasse gleich rechts vom Eingang blätterte ein einzelner Mann mittleren Alters einen Stapel Belege durch. Aus den Lautsprechern, die an der Wand hinter der Kasse befestigt waren, ertönte keine Musik. Die

Gäste und das Personal waren wahrscheinlich schon alle gegangen und im Cassle war niemand mehr außer dem Mann in mittleren Jahren, der jedoch jünger als Bens Vater zu sein schien.

Einem Lichtstrahl folgend trat Ben mit gesenktem Kopf an die Kasse. Er stand so, dass er vor sich das fahle Licht verdeckte. Gerade als er sprechen wollte, hielt der Mann den Stapel Belege fest in der Hand, als seien plötzlich Schwierigkeiten aufgetreten, und bedeutete ihm mit der anderen Hand hastig winkend, dass geschlossen sei.

Ben trat einen Schritt von der Kasse zurück. Er fühlte die japanische Sprache in sich aufsteigen.

»Also ...«, formte sein Mund das erste Wort.

Ein erstaunter Ausdruck begann sich auf dem Gesicht des Mannes abzuzeichnen. Bevor sich dieser Ausdruck über das ganze nikotinfarbene Gesicht, das groß und länglich war, ausbreitete und es von der Stirn bis zum unrasierten Kinn beherrschte, beschleunigte Ben seine Rede und spie die restlichen Wörter in einem Zug aus.

»... ich habe Ihr Plakat mit dem Stellenangebot gesehen!«

Er hörte, wie im totenstillen Cassle seine Stimme auf die Kronleuchter aus Plastik traf und ganz leicht zurückgeworfen wurde, als sei sie in alle Richtungen verstreut worden.

Aber der Mann hatte die dem »also« folgenden Worte nicht vernommen und sein Gesicht war starr vor Überraschung. Die Überraschung wich allmählich einer Fassungslosigkeit, und der Mann meinte mit einer weder zurechtweisenden noch flehenden Unsicherheit »Close,

close!« und wedelte dabei mit der Hand wild hin und her, als wollte er Ben vor sich wegscheuchen.

»Ich möchte hier arbeiten!«, sagte Ben noch einmal mit weniger Nachdruck, doch obwohl er dies auf Japanisch sagte, war ihm auf Englisch klar: *It is too late*. Während er sich wunderte, als was für eine Sprache die Ohren des Mannes in mittlerem Alter sein Japanisch wohl wahrgenommen haben mochten, murmelte er mit niedergeschlagener Stimme »Entschuldigen Sie bitte!« und bewegte sich steif rückwärts in Richtung der Glastür. Als er bemerkte, dass Ben sich von der Kasse wegbewegte, unterbrach der Mann erleichtert das Gewedel mit seiner Hand.

In dem Moment, als Ben die Glastür erreicht hatte, machte der Mann plötzlich eine Verbeugung. Er, der mehr als doppelt so alt wie Ben war, verneigte sich tief und sagte: »Oh, thank you!«

Daraufhin wandte sich Ben von ihm ab und drückte die Glastür auf. Hinter sich hörte er eine immer lauter werdende Stimme, so als würde jemand eine Beschwörungsformel aufsagen:

»Oh, thank you, Kennedy, großartig, goodbye.«

Als er vom Cassle in die Seitengasse hinaustrat, erstrahlte das vom Platz herströmende Morgenlicht, und er vernahm das quietschende Geräusch von Rollläden. Draußen vor dem Spielsalon an der Ecke sah er, wie zwei jugendliche Angestellte etwa seines Alters mit den Vorbereitungen zur Öffnung des Geschäftes beschäftigt waren.

Die Gestalt von Ben, der auf den im Licht reliefartig erscheinenden Pflastersteinen stehen geblieben war, kam in ihr Blickfeld. Beide hielten in ihrer Arbeit inne und begannen, ihn anzustarren. Das gefiel Ben noch weniger als am Tag zuvor, also setzte er sich halbherzig in Bewegung und schlurfte in Richtung der Straße, wo die Straßenbahn fuhr.

Er steckte die Hände in die Hosentaschen, es waren noch drei Geldscheine von unterschiedlicher Größe übrig. Ganz unten in der Tasche, in der bis zum Vorabend der von seinem Vater ironisch als »Ausweis der Extraterritorialität« bezeichnete Konsulatsausweis gesteckt hatte, klimperten einige sich kalt anfühlende Münzen. Darunter waren auch dünne Münzen mit einem Loch.

Während er vorsichtig auf jeden einzelnen Pflasterstein trat, als wollte er den Boden unter seinen Füßen prüfen, dachte er daran, was wäre, wenn er einfach ins Konsulat zurückkehrte. Das Konsulat war das Haus seines Vaters. Es war auch das Haus der Ehefrau seines Vaters und ihres Kindes, nämlich seines schwarzhaarigen Halbbrüderchens. Bevor er ausgerissen war, verbrachte Ben seine Zeit bei Andō und kam oftmals erst dann ins Konsulat zurück, wenn die Familie seines Vaters schon zu Abend gegessen hatte. Dann drohte sein Vater immer damit, ihn nach Virginia zurückzuschicken, ihn zu seiner Mutter zurückzuschicken. Sein Vater ließ ihn oft spüren, dass er nur ein vom Unterhalt abhängiger Familienangehöriger war – also das Gegenteil von »unabhängig«. Seinem Vater stand das Recht zu, ihn jederzeit aus Japan ausweisen zu lassen. Wenn er das Ben gegenüber verkündete, dann verwendete sein in Brooklyn geborener Vater dafür merkwürdigerweise eine Redewendung aus den Südstaaten: Er wolle ihn ausreißen wie ein verdorrtes Blatt.

Diesmal war er auch am zweiten und dritten Tag nicht zurückgekehrt.

Ob sein Vater schon etwas unternommen hatte? Hatte er schon seine japanische Sekretärin ins Zimmer des Konsuls gerufen, diese japanische Sekretärin dolmetschen lassen und die japanische Polizei veranlasst, Ermittlungen einzuleiten?

»Kennedy, großartig.« Mit voller Kraft spuckte Ben aufs Pflaster. Weiter geradeaus, wenn man der Seitengasse folgte, war ein auffälliger Bogen zu sehen, auf dem »Kabukichō, 1. Straße« stand. Jenseits der schwarzen Köpfe der Massen, die unter dem Bogen in eine Richtung strömten und sich ohne Unterlass vom Bahnhof in das Viertel bewegten, verkehrten Straßenbahnen und Busse.

Die Straße, in der die Straßenbahn fuhr, rückte bis knapp vor seine Halbschuhe heran.

Unter dem Bogen trennte sich ein Teil der Menschenmassen ab, kam auf den allein gehenden Ben zu und lief die Seitenstraße hinab.

It is too late.

Ben spürte, dass sich die Blicke einiger Dutzend Leute gleichzeitig auf ihn konzentrierten.

Als bedrängte ihn jeder einzelne mit der Frage »Warum bist du denn hier?«, blieb er unter den andauernden Blicken einiger Dutzend Leute stehen.

155

Er verspürte eine leichte Geniertheit und wandte sich ab. Er drehte den Blicken der Japaner den Rücken zu und flüchtete im Laufschritt in eine lange Gasse, die das Viertel Kabukichō durchkreuzte.

An diesem Abend tauchte Ben mit Andō abermals vor dem Cassle auf.

Als Ben Andō die knallroten Schriftzeichen »15 000 Yen pro Monat« zeigte, meinte der nur »Oh, nicht schlecht!« und öffnete die Glastür, ohne auch nur einen Augenblick zu zögern.

Er drehte sich zu Ben um, der sich anschickte, ihm zu folgen, und hielt ihn mit der Hand zurück: »Du wartest draußen!«

Ben stand allein in der Seitenstraße, wo hier und da schon die Neonlichter angingen. Als er durch die Glastür blickte, konnte er im Schein der Plastikkronleuchter erkennen, wie Andō seinen kurzgeschorenen Kopf senkte und an der Kasse mit dem Mann in mittleren Jahren sprach, genauso, wie er es selbst an diesem Morgen getan hatte. Mal gleichzeitig und mal abwechselnd nickten Andō und der Mann, sie lachten, wurden wieder ernst und begannen eine Unterhaltung. Dabei deutete Andō zwei, drei Mal mit dem Finger auf den vor der Tür stehenden Ben. Aber während Ben der heftiger werdenden Diskussion zusah, bei der sich der Mann Andōs Beteuerungen immer nur entgegenstellte, fühlte Ben sich ausgeschlossen und hatte gar das Gefühl, durch das beschlagene Glas ein Wortgefecht zu beobachten, das mit ihm selbst nichts zu tun hatte.

Ben sah im milchigen Licht die Bewegung einer Hand, Andō zeigte wohl auf die Abzeichen an seiner Studentenuniform. Anschließend zog er aus seiner schwärzlichen Brusttasche eine Karte – seinen Studentenausweis? –, und während er sie dem Mann zeigte, schien er ihn von etwas überzeugen zu wollen.

Nach zwei, drei Minuten änderten sowohl der Mann als auch Andō ihr bisheriges Verhalten und begannen, sich ruhig miteinander zu unterhalten. Schließlich senkte sich Andōs kurzgeschorener Kopf im weißen Licht noch einmal vor dem Mann. Im Gegensatz zur Situation mit Ben nickte der Mann diesmal nur und verbeugte sich auf keine besondere Weise.

Als Andō durch die Glastür hinaustrat, machte er heimlich ein Victory-Zeichen. Doch es war überraschend, dass er mit gesenktem Kopf ein Lachen unterdrückte, als sei ihm ein unglaublicher Witz erzählt worden.

»Wie ist es gelaufen?«, fragte Ben, doch Andō schwieg und schien nicht mit der Sprache herausrücken zu wollen. Er wich Bens auf seine Reaktion wartendem Blick aus und nachdem er volle drei Sekunden in der Seitengasse herumgeschaut hatte, sagte er: »Ich habe für dich gebürgt.«

»Gebürgt?«

Andō runzelte die Stirn, offenbar musste er über sein schon vergessenes, für Prüfungen erlerntes Englisch nachgrübeln, und fügte dann hinzu: »Garantiert.«

»Garantiert? Wofür garantierst du?«

Andō antwortete mit einem verlegenen Lächeln: »Ich garantiere für dich.«

»Wieso?«

Andō senkte erneut den Blick, wieder schien er nicht mit der Sprache herausrücken zu wollen, und starrte unbewegt auf das Pflaster der Seitenstraße. Auch Ben lenkte seinen Blick dorthin, wo Andō hinsah, und bemerkte die skurrilen Silhouetten, die das Licht auf das Pflaster warf. Mit gesenktem Kopf sagte Andō bald darauf: »Er sagte, dass es nicht ginge, wenn niemand für dich bürgen würde.«

Ben unterdrückte das »Wieso?«, das ihm wieder auf der Zunge lag.

Andō fasste Ben am Ellenbogen und zog ihn vom Cassle fort. Als sie zu zweit die das Viertel Kabukichō kreuzende lange Gasse betraten, durch die Ben bereits an diesem Morgen gelaufen war, drehte sich Andō um und sah Ben flüchtig an. Andō sagte nichts, aber Ben verstand, dass seine Augen, die ihn betrachteten, etwas Merkwürdiges zu sehen schienen. Sie schienen zu sagen: »Wenn für dich nicht gebürgt wird, dann kannst du nicht in Japan leben.« Ben bemerkte nun zum ersten Mal, dass Andōs vermutlich über ihn urteilende Augen voller Mitleid waren.

Die Gasse führte immer weiter, sie kreuzte noch eine große Seitenstraße und eine Unzahl weiterer Gässchen. Auf beiden Seiten standen reihenweise Kundenfänger, die jeden einzelnen Passanten herbeiwinkten. Bei Andōs Anblick riefen sie »He, Student!« oder »Nur 3000 Yen!«, als sie jedoch Ben in Andōs Gefolge sahen, riefen sie ihm lachend banale Sprüche wie »Hey, you!« oder »Japanese pussy!« zu, doch die beiden gingen schweigend weiter.

Als sie die Gegend erreichten, von wo man die am Ende der Gasse aufragende gelbe Mauer des Bezirksrathauses sehen konnte, drehte sich Andō noch einmal um und murmelte, als ob er sich soeben wieder an etwas Vergessenes erinnert hätte: »Morgen Abend um sieben Uhr darfst du hingehen.«

Zaghaft grüßte Ben den Mann in mittleren Jahren, den er mit »Manager« ansprechen sollte, mit der Formel »Wenn ich Sie höflich um Ihre Unterstützung bitten dürfte!«, die Andō ihm beigebracht hatte.

Der Manager antwortete Ben mit keiner Silbe, es lag nur ein uneindeutiges, weder unterwürfiges noch gezwungenes Lächeln auf seinem langen, schmalen Gesicht, das Andō mit dem für Ben völlig neuen japanischen Ausdruck für »Pferdegesicht« beschrieben hatte. Er bedeutete Ben nur, ihm zu folgen. Dann begann er schweigend, die dunkle Treppe hinten im Zwischengeschoss hinaufzusteigen, wohin das Licht der Plastikkronleuchter nicht mehr drang.

Dem Manager folgend erreichte er den Treppenabsatz im ersten Stock, wo linkerhand ein weiterer Eingang lag. Wenn man ein Stückchen weit durch diesen nicht sonderlich hellen Eingang ging, konnte man dort einen weinroten Samtvorhang ausmachen, der den hinteren Teil abtrennte. »Was ist dort?«, fragte Ben den in geschäftsmäßigem Gang weiter die zum zweiten Stock führende, leiterartig schmale Treppe hinaufsteigenden Manager, woraufhin ihm von der durch eine nackte gelbe Glühbirne im zweiten Stock spärlich beleuchteten

Treppe unbekannte japanische Wörter entgegenpurzelten.

»Die Séparées«, meinte der Manager ungeduldig.

Im zweiten Stock lag der Umkleideraum mit einer Reihe dunkelgrüner Spinde. Schweigend öffnete der Manager einen Spind an der linken Ecke. Darin hingen eine gut gestärkte Hose und ein Jackett.

»Ist das die Uniform?«

Als ob Bens grell und unsicher klingende japanische Stimme einfach nur unangenehm für seine Ohren wäre, bildeten sich auf der Stirn des im gelben Licht der nackten Glühbirne wesentlich größer wirkenden Managers zwei, drei Falten. In Richtung Ben, nein, eher knapp an ihm vorbei befahl er: »Put on! Put on!«

»Komm runter, wenn du dich umgezogen hast!«, ordnete der Manager an, wobei er Gesten des Zuknöpfens machte und auf die Treppe zeigte, dann ging er eilig herunter, so als hätte er eine unangenehme Aufgabe hinter sich gebracht.

Ben blieb allein im Umkleideraum zurück.

Er betrachtete die weiße Uniform, die im Spind hing. Geistesabwesend stand er da, ohne in den Spind zu greifen. Als er nach oben blickte, tanzten in den kleinen Lüftungslöchern pinkfarbene, himmelblaue und violette Lichter. Wie zufällig zusammenstoßende Pachinko-Kugeln trafen die Neonlichter in der Seitengasse abwechselnd auf die Fensterscheibe, und nur das verlieh dem ungeheizten Umkleideraum einen Anstrich von Wärme. Aus den Séparées ertönten die Melodie eines japanischen Schlagers und der lauter werdende Gesang einer Frau. Vom Liedtext konnte er mit Mühe das sich wiederholende »Nur mich!« heraushören.

Er zog die Halbschuhe aus und öffnete langsam die Knöpfe seines Flanellhemdes, das ihm seine Mutter zu dieser Zeit vor einem Jahr gekauft hatte. Er verspürte sowohl Aufregung als auch Angst. Noch bevor er allein im Umkleideraum stehend Hemd und Hose überhaupt ausgezogen hatte, fühlte er sich bereits nackt. Noch nie war er so nackt gewesen.

Er nahm das Jackett der Uniform aus dem Spind und befühlte es. Im Licht der Glühbirne wirkte der weiße Stoff ziemlich verschossen und war ebenso blass pfirsichfarben wie die dünnen, der Kälte ausgesetzten Arme von Ben. Auch der Rand des Kragens war abgewetzt. Wie viele jugendliche Ausreißer mit dünnen Armen hatten bislang wohl diese Uniform getragen? Wie viele hatten ihre von den Eltern gekaufte Kleidung abgelegt, diese Uniform angezogen und waren tief in der Nacht für diese Arbeit nach Shinjuku gekommen; eine Arbeit, die die Zeit, in der sie bei ihren Eltern wohnten, ins Gegenteil verkehrte?

Ben zog sein Flanellhemd aus und streifte das Uniformjackett über. Es saß wie angegossen. Er schloss die Knöpfe bis hoch zum Kragen und sah an seinem in der weißen Kleidung steckenden Körper hinunter. Oberhalb der Brusttasche waren kleine rote Buchstaben aufgestickt. »Cassle« stand dort. Nachdem einige Sekunden verstrichen waren, fiel Ben zum ersten Mal auf, dass die Rechtschreibung verkehrt war. Aber diese Rechtschreibung ging in Ordnung.

»Kyasseru«, flüsterte Ben auf Japanisch. Es waren sanfte, lustige, wunderbare Töne.

Er wechselte die Hosen und warf alle seine amerikanischen Sachen in den Spind.

Ben blickte die lange, zum Zwischengeschoss führende Treppe hinunter. Er fühlte sich nicht mehr so schrecklich wie vorhin.

3

Er hatte eine ungesunde Gesichtsfarbe. Das lag vielleicht nicht alleine daran, dass er immer im weißen Lichtkreis der Plastikkronleuchter stand. Ungesund sah er zwar aus, aber keinesfalls kümmerlich. Er machte sogar einen eher kräftigen Eindruck. Er war noch keine zwanzig Jahre alt, aber er konnte stundenlang in derselben Haltung stehen, ohne sich von seinem Zuständigkeitsbereich im Zwischengeschoss des Cassle fortzubewegen, was einen glauben ließ, er habe schon hundert Jahre nächtens als Kellner gearbeitet.

Als Ben die Treppe herunter kam und zum ersten Mal im Zwischengeschoss erschien, wartete er dort.

Er begegnete Ben, der die gleiche weiße Uniform trug, erst einmal mit einem gekünstelten Lachen. Aber als Ben in seiner Aufmachung auf ihn zukam, verstummte dieses Lachen. Und als Ben sich dann dem Gestell näherte, auf dem systematisch die Wassergläser und die gerade gespülten Aschenbecher aufgereiht wurden, trat er verschreckt einen Schritt zurück.

Ben war verlegen, dass allein sein Näherkommen ihn so verschreckte. Er wollte sich hastig vorstellen, aber bisher hatte er sich noch niemandem auf Japanisch vorgestellt. Und wie sehr er auch in seinem Gedächtnis kramte, es fiel ihm nur ein einziger Satz aus dem Kapitel »Grußformeln« des Japanischlehrbuches ein, den er an der Waseda-Universität hatte auswendig lernen müssen.

Obwohl er ahnte, dass der bei seinem fassungslosen, verschreckten Gegenüber unangebracht war, sagte er: »Mein Name ist Ben Isaac. Es freut mich, Sie kennenzulernen!«

Kaum hatte er das gesagt, schämte er sich. Diesen gegenüber Andō nie gebrauchten, formellen und ehrfürchtigen Gruß zu verwenden, war ihm irgendwie peinlich.

Diese Verlegenheit schien sich nicht auf den anderen zu übertragen. Auf ihn, der sich – weil Ben hier aufgetaucht war – hinter das Gestell zurückgezogen hatte, als wolle er sich verbergen, übertrug sich scheinbar auch nicht das Gefühl, selbst aus dem Gleichgewicht zu kommen und verlegen zu werden, wenn man ihm so begegnete. Mit »Freut mich, Sie kennenzulernen!« wurde er angesprochen, aber er schwieg beharrlich und betrachtete abwechselnd die weiße Uniform des Cassle, die genauso war wie seine, und das Gesicht von Ben, das von seinem so verschieden war.

Beim Betrachten allein zeigte sich auf seinem Gesicht mit der ungesunden Farbe keinerlei Ausdruck. Sein ihm geradezu eingebläutes, perfektes Schweigen dröhnte so in Bens Ohren, dass er es nach einer Minute nicht länger ertrug. Ben erachtete es als unangemessen, als – wie es Andō ausdrückte – *kōhai*, also der Neuankömmling und der Unterste in der Hierarchie, selbst eine Frage zu stellen anstatt eine gestellt zu bekommen. Dennoch fragte er widerwillig: »Wie lautet Ihr Name?« Als er bemerkte, dass er vergessen hatte, gegenüber dem Ranghöheren, schon länger angestellten *senpai* den Höflichkeitspartikel *o* zu verwenden, und hastig ansetzte, seine Frage noch einmal umzuformulieren, murmelte sein Gegenüber nur zögerlich die Lippen bewegend: »Masumura.«

In dem Moment, als er seinen Namen aussprach, lief ein Zucken über sein ausdrucksloses Gesicht. Fürchtete der weitaus selbstsicherere *senpai* sich etwa vor Ben, ja war das denn nicht *ridiculous*, nicht absolut lächerlich?

Er schwieg abermals.

Wenn ich von nun an jeden Abend von acht Uhr bis morgens um sechs neben *ihm* arbeiten muss, dann werden sich die knallroten »15 000 Yen pro Monat« nicht realisieren lassen, dachte Ben, und seine Laune trübte sich. Er grübelte darüber nach, wie er die Stimmung aufhellen könnte, und dabei fiel ihm der Name seines Gegenübers ein. Einen ähnlichen Namen hatte Ben schon einmal irgendwo gesehen. Vielleicht im Lehrbuch für Japanisch oder aber in einem Buch oder einer der Zeitschriften, die sich in Andōs Zimmer stapelten. Ben erinnerte sich vage an die Schreibung eines Familiennamens, vielleicht »Masuda« oder »Masuyama«, der zweifellos mit dem Schriftzeichen *masu* in der Bedeutung von »zunehmen« geschrieben wurde.

Ben erinnerte sich daran, wie Andō ihm einst – es kam ihm vor, als wäre es schon vor langer Zeit gewesen – auf seiner eigenen Handfläche schreibend Japanisch beigebracht hatte. Also streckte er seine Hand zu ihm aus und zeigte ihm, wie er nun ein halbwegs nach »masu« aussehendes Schriftzeichen in seine Hand skizzierte und danach noch ordentlich »mura« schrieb.

»Masumura-san, schreibt man Ihren Namen mit diesen chinesischen Schriftzeichen?«

Masumura runzelte erstaunt die Stirn.

»Nein!«, sagte er bestimmt.

Nein!, sagte er nur und sonst nichts. Als ob Masumura darüber hinaus Ben nichts über sich wissen lassen wollte.

Ben hörte auf, ihn zu befragen. Er blieb auf ewig als »Masumura« in Bens Gedächtnis. Einige Tage später bemerkte er zufällig auf dem Namensschild eines von der gelben Glühbirne im Umkleideraum beschienenen Spindes unterhalb eines Schriftzeichens, das er noch nie gesehen hatte und nicht lesen konnte, das Schriftzeichen »mura«. Aber es war, wie für Ben zu dieser Zeit ein Großteil der japanischen Sprache, nur in Form von Silbenschriftlauten in Bens Gehirn verankert. Diese Silbenschriftlaute wurden zu einem weiteren Attribut für den Mann mit seiner ungesunden Gesichtsfarbe, seiner Ausdruckslosigkeit und Einsilbigkeit.

Masumura hatte noch einmal Bens Gesicht mit der Uniform abgeglichen und war danach abermals einen Schritt zurückgewichen. Ohne Bens Namen, der ihm ja bekannt war, oder ein Pronomen wie »Sie« oder »du« zu verwenden, deutete Masumura mit seinem Kinn dorthin, wo Ben stand, und schleuderte ihm die Frage »Amerika?« entgegen, als wollte auch er irgendeine Frage stellen oder als ob ihm nicht einfiel, wie er Ben richtig anreden sollte.

Diesmal schwieg Ben. Er richtete seine Augen auf die breite Treppe, die vom Zwischengeschoss in das Erdgeschoss hinunterführte, um dem auf sein Gesicht fokussierten Blick Masumuras auszuweichen.

Gibt es etwa nichts anderes, was man mich fragen könnte?

Ben blickte einige Sekunden schweigend auf die Glastür im Erdgeschoss. Während ihm eine Antwort im Halse stecken blieb, fiel ihm auf, dass Masumura Bens Gesicht, das für einen Moment so ausdruckslos geworden war wie sein eigenes, noch zweifelnder ansah, und so flüsterte er bald darauf mit schwacher Stimme: »Hmm.« Wenn von einem Verdächtigen ein Geständnis erzwungen wird, gab der vielleicht so eine halbherzige Bejahung von sich und flüsterte solch ein schwaches »Hmm«, das nicht unbedingt »Ja« bedeuten musste.

Als ob er nur auf Bens »Hmm« gewartet hätte, meinte Masumura sogleich: »Ich hasse Amerika!«

Während er das sagte, war im Gesicht von Masumura kein entsprechender Ausdruck zu erkennen. Aber erstmals war seine Stimme von Kraft erfüllt. Diese Stimme hörte sich für Ben an, als verleihe sie einer Überzeugung Ausdruck. Masumura senkte noch einmal seinen Blick von Bens Gesicht auf die Uniform des Cassle, die Ben trug, und hob danach seine Schultern an, als ob er sich in eine Verteidigungsposition bringen wollte.

»Ich mag Amerika auch nicht!«, gab Ben zurück.

Das weiße Uniformjackett, das Masumura anstarrte, passte auf seinen Körper wie angegossen, und der leichte Druck, den es ausübte, fühlte sich angenehm an. *Na, Masumura, sieh nur gut hin! Bin ich nicht genauso geworden wie du?*

Masumura schien für einen Augenblick ratlos, danach fragte er eher erwidernd als fragend: »New York?«

In der Stimme von Masumura war eine gedämpfte Aufdringlichkeit zu spüren. Dieser überraschenden Frage hörte man nicht an, ob sie »Stammst du aus New York?« oder »Bist du von New York hierhergekommen?« bedeutete. Darum klang sie wie »Gehörst du nicht nach ›New York‹? Hier solltest du nicht sein, also wo müsstest dann eigentlich sein, in ›New York‹?«

Ben vermutete, dass ein japanischer Polizist seine Vernehmung wohl im gleichen Tonfall, den Masumura gerade anschlug, durchführen würde.

Er schwieg wieder.

Masumura starrte den wieder einmal nicht antwortenden Ben scharf an. Sein Gesicht mit der ungesunden Farbe sah in diesem Moment noch selbstsicherer aus. Als er die Lippen bewegte, um noch etwas zu »fragen«, wandte er sich plötzlich ab und rief in Richtung der breiten Treppe: »Vielen Dank für Ihren Besuch!«

Ben schaute in die Richtung, in die Masumura gerufen hatte. Ein älterer Mann im Mantel schickte sich in Begleitung einer wie eine Hostess wirkenden Frau in den Zwanzigern gerade an, von der Kasse im Erdgeschoss durch die Glastür hinauszugehen. In letzter Sekunde rief Ben so laut wie möglich »Vielen Dank für Ihren Besuch!« in Richtung Erdgeschoss. Bens grelle, sich überschlagende Stimme, die sich mit der von Masumura überlagerte, hallte in allen Ecken des Cassle wider. Die vermeintliche Hostess drehte sich um, bemerkte den oben an der Treppe neben Masumura stehenden Ben, zog am Mantelärmel des älteren Mannes und zeigte mit dem Finger auf ihn. Als sie dem Mann etwas ins Ohr flüsterte, lachten beide auf und gingen unter nicht enden wollendem Gelächter durch die Glastür hinaus.

Durch die geöffnete Tür drangen die Geräusche der Seitengasse. Über die Seitengasse strömte der Lärm des Platzes herein.

Ben hörte den Gesang einer Frau, der sich über den Lärm erhob und unglaublich klar war. Der Text selbst war nahezu unverständlich. Im Cassle war sonst niemand, der dieser Stimme lauschte. Ben erinnerte sich an das Porträt der Frau, die zur Abenddämmerung des Tages, an dem Ben zum ersten Mal nach Shinjuku gekommen war, stolz wie eine Königin auf den Eingang des Platzes herabgeschaut hatte, und er verfiel der Fantasie, dass die vom Platz so üppig in die Seitengasse strömende Stimme die ihre sein könnte.

»New York?«, weckte die aufdringliche Stimme von Masumura Ben aus seiner Fantasie.

Im sonst ausdruckslosen Gesicht von Masumura zeichnete sich deutlich ab, dass er noch immer wartete.

Für Ben hatte »New York« keinerlei Bedeutung mehr, obwohl seine jüdische Verwandtschaft dort wohnte, und es klang nur nach den japanischen Katakana-Silbenschriftzeichen, mit denen Fremdwörter geschrieben wurden.

Masumura-san, ich will nicht über New York sprechen. Ich will nicht mit Katakana sprechen. Sind wir hier etwa nicht in Shinjuku?

Masumura bewegte noch einmal seine Lippen.

Der Gesang der Frau war vollständig aus seinem Kopf verschwunden. Ben bekam Angst.

Sag etwas, ganz egal was.

»Washington, D.C.«

Na toll, kaum hatte Ben geantwortet, da meinte Masumura auch schon: »Kenne ich nicht.«

Offensichtlich schwang dabei fast Stolz mit.

Nachdem er das gesagt hatte, richtete er seinen Blick weg von Ben auf das Gestell an der Seite und begann damit, die dort aufgereihten Aschenbecher mit einem Tuch sorgfältig auszuwischen, als sei er plötzlich besserer Laune.

Ben starrte Masumura, der mit einem Mal seine Existenz vergessen zu haben schien und sich in seine Arbeit vertiefte, verwundert von der Seite an. Er meinte, ein wenig zu verstehen, warum Masumura es allein damit so genau nahm.

»Kenne ich nicht!« Sicher hatte Masumura nur darauf gewartet, dies sagen zu können! Vielleicht wusste er wider Erwarten doch einiges? Aber für ihn war »etwas nicht zu wissen« sicher eine einzige Erleichterung geworden.

»Kundschaft!«, murmelte Masumura wie zu sich selbst und mit einer reflexartigen Bewegung nahm er ein Glas Wasser und einen Aschenbecher vom Gestell und brachte sie im Laufschritt zu dem Platz, den ein Mann im Anzug soeben erreicht hatte. Ben hörte aufmerksam zu, wie er mit lauter Stimme »Was wünschen Sie?« und »Ja, gerne!« sagte, und folgte danach mit entschlossenem Blick dem die breite Treppe heruntergehenden Masumura. In den bis in jede Einzelheit exakten Bewegungen des unansehnlichen Masumura spürte Ben eine gewisse

Art von Schönheit. Im Cassle war gutes Benehmen wohl das A und O. Wenn er sich selbst nicht Masumuras gutes Benehmen aneignete, würde er sicher nicht lange im Cassle bleiben. Er war vom guten Benehmen Masumuras so sehr eingenommen, dass er in dessen Abwesenheit zum ersten Mal bemerkte, wie jeder Gast im Zwischengeschoss ihn wie versteinert vor dem Gestell stehend angaffte.

Gerade in diesem Moment hörte er aus dem Erdgeschoss einen ganzen Chor die Grußformel »Irrashaimase!« rufen und zwei weitere Gäste kamen ins Zwischengeschoss herauf. Als sie Ben in seiner Uniform erblickten, schauten sie sich verblüfft um, aber dann gingen sie zögernd auf die Sitzgelegenheiten zu, als hätte sie die Anwesenheit anderer Gäste beruhigt, die wie normalerweise auch hier und dort saßen.

Ben spürte nur diese Verblüffung, blickte zu Boden, ohne die Kundschaft anzusehen, und stand einen Augenblick wie gelähmt vor dem Gestell.

Dann nahm er sich zusammen, schraubte seine vorhin so grelle Stimme so tief herunter wie die von Masumura und grüßte: »Irrashaimase!«

So wie Masumura es vorgemacht hatte, griff er nach Gläsern und einem Aschenbecher und im gleichen Laufschritt wie Masumura näherte er sich geradeaus schauend den Gästen. Einen direkten Blickkontakt mit den Gästen vermeidend richtete er seine Augen auf den Kalender, der über den Köpfen der Gäste an der Wand hing, und stellte die Gläser und den Aschenbecher schwungvoll vor den Gästen ab.

Er ignorierte den erstaunten Ausdruck auf den beiden ihn von unten anschauenden Gesichtern und fragte mit fester, deutlicher Aussprache: »Was wünschen Sie?«

Als hätte er es richtig gesagt, spürte er unter sich, dass die Gäste ihren Blick von seinem Gesicht weg auf die Speisekarte richteten. Gerade so, als sei es nicht er, sondern Masumura, der hier stand, murmelte einer der Gäste nur: »Nun, Spaghetti mit Fleischsoße, dazu Tee mit Zitrone.«

Als der andere Gast »Kaffee« sagte, fiel Ben erstmals auf, dass es sich bei dieser Person um eine Frau handelte.

»Sehr wohl!«

Von den Gästen kam nicht die Bemerkung »gaijin«, Ausländer, da wie bei Masumura seine sichere, jedoch keinesfalls aufdringliche Stimme wie ein Schutzschild zu wirken schien.

In dem Moment, als Ben dem Zwischengeschoss den Rücken zuwandte, merkte er, dass hier und dort getuschelt wurde. Während er die Treppe hinunterstieg, kam er an Masumura vorbei, der mit einem Tablett mit Kaffee heraufkam. Masumura schwieg.

He, Masumura! Ich mache es so wie du!

Als er unten ankam, stand hinten im Erdgeschoss wie in Bereitschaft der Manager. Dahinter war das blendende Licht von gelbem Dampf und von grellen, den Manager in Gegenlicht tauchenden Neonröhren zu sehen. Dort lag die Küche des Cassle. Er konnte ausmachen, dass unter dem blendend hellen Licht – das denen, die nichts mit der Küche zu tun hatten, den Zutritt zu verweigern schien – zwei, drei Männer in fleckigen Schürzen arbeiteten.

Ben näherte sich dem Manager und es gelang ihm, seinen eifrig eingeübten Text quasi herausspeiend klar und wohlbehalten zu Ende aufzusagen: »Einmal Spaghetti mit Fleischsoße, einen Kaffee, einen Tee mit Zitrone!«

Der Manager drehte sich augenblicklich zur Küche um und rief: »Ein Fleisch, ein Kaffee, eine Zitrone!«

Es klang, als bellte ein Hund in Richtung des blendenden Lichtes.

In dem Augenblick, als der Manager ihnen diese Worte entgegenschleuderte, warfen die Männer in den Schürzen einen flüchtigen Blick in Richtung Ben, aber sie arbeiteten einfach unter dem gelbweißen Licht weiter, ohne sich umzudrehen.

Mit einem wackelig mit »Ein Fleisch, ein Kaffee, eine Zitrone!« beladenen Tablett kehrte Ben ins Zwischengeschoss zurück. Als er wie Masumura »Tut mir leid, dass Sie warten mussten!« sagte und alles auf dem Tisch abstellte, spürte er im Rücken das Schweigen von Masumura, der gerade dabei war, auf der anderen Seite einen Tisch abzuwischen. Noch zwei weitere Gäste kamen herein. Wie um mit Masumura zu konkurrieren, rief Ben fast gleichzeitig mit ihm »Irrashaimase!«, eilte schneller als Masumura zum Tisch dieser Gäste, nahm in – was ihn selbst überraschte – fließendem Japanisch ihre Bestellung auf und stieg wieder die Treppe hinunter.

Als er dieses Mal im Erdgeschoss ankam, war der Manager nicht da.

Ben näherte sich langsam dem grellen Licht der Küche, hielt direkt davor an und stand dort ganz allein.

In der Küche waren die ihn und alles andere ignorierenden, sich geschäftig umherbewegenden Männer in ihren leicht verschmutzten weißen Schürzen deutlich erkennbar. Zwei von ihnen waren älter, einer war ein Jugendlicher in Bens Alter, wahrscheinlich ein Lehrling.

Der Lehrling schaute von seinem großen Topf auf und blickte vage in Bens Richtung. Sein Gesicht war pausbäckig. In diesem Gesicht waren weder Freundlichkeit, noch Böswilligkeit und nicht einmal Neugierde Ben gegenüber zu spüren. Aber er war der Einzige, der ihn dort wie angewurzelt stehen sah, und sein unter den Neonröhren gelbes, pausbäckiges Gesicht schien »Was denn?« zu sagen.

Irgendwie nahm Ben seinen Mut zusammen und rief mit gepresster Stimme aus vollem Herzen: »Zwei Kaffee, ein Fleisch, ein Toast!«

Aus dem gelbweißen Licht erwiderte eine Stimme: »Jau!«

Es war eine helle Stimme. Eine unbefangene Stimme, wie sie wohl jedem antwortete.

Ben liebte es, nachts zu arbeiten. Für einen Stundenlohn von achtzig Yen, also rund zwanzig Cent, ließ man ihn ordentlich schuften, aber er glaubte nicht, dass ihm das sonderlich zu schaffen machte. Wenn er im Zwischengeschoss des Cassle stand, dachte er vielmehr daran, wie im Verlauf der Nacht Shinjuku allmählich seinen Charakter veränderte und er sich so mitten darin eigentlich glücklich schätzen konnte. Es war ein Gefühl, als käme Shinjuku ihm entgegen, ohne eine Gegenleistung zu verlangen.

Der Manager mochte die über ein launisch mal angeschaltetes, dann wieder ausgeschaltetes Kabel übertragenen japanischen Schlager und den süßlich schweren Geruch, der hier und dort von den Highlight- und Short-Peace-Zigaretten aufstieg. Die Angestellten mochten den Klang der kreuz und quer durch das Cassle fliegenden Hiragana-Silbenschriftzeichen, wenn sie einander etwas zuriefen. Das waren im Zwischengeschoss Masumura und im Erdgeschoss Yasuda-kun, die Köche Ishiguro-san und Satō-san sowie der Lehrling Tachibana. (Aus irgendeinem Grund wurde nur Ben nicht mit seinem Familiennamen »Isaac«, sondern mit seinem Vornamen »Ben« gerufen. Außerdem gab es auch niemanden, der das einfache Namenssuffix *kun*, geschweige denn das bedeutendere *san* hinzugefügt hätte.)

Mehr als alles andere liebte Ben es, die diversen Gäste zu sehen, die jedes Mal eintraten, wenn die Glastür sich öffnete. Auch änderte sich je nach Uhrzeit die Zusammensetzung der Kundschaft des Cassle auffällig. In den frühen Stunden nach Bens Dienstbeginn um zwanzig Uhr gab es viele Pärchen und Gruppen von jungen Leuten, die von Jazz-Cafés und Gogo-Clubs herbeigeströmt kamen. Es kam vor, dass Ben die Stimmen der auf den Gruppenplätzen im Erdgeschoss sitzenden Studenten, bei denen der englische Begriff »Outsider« oder der französische Name »Lévy-Strauss« fielen, bis hinauf ins

Zwischengeschoss hören konnte. Etwa ab Mitternacht waren viele Geschäftsleute da, die ihre letzte Bahn verpasst hatten. Obwohl sie zu zweit oder dritt hereinkamen, unterhielten sie sich kaum, als seien ihnen bereits die Gesprächsthemen ausgegangen. Sie tranken ruhig ihr Bier und aßen Curry-Reis oder waren wie angetrunkene Jugendliche ganz still ins Lesen von Comics vertieft.

Und wenn es nach zwei Uhr morgens war, dann wandelte sich die graue Atmosphäre, die die schweigsamen Geschäftsleute im Zwischengeschoss verbreitet hatten, und es erschienen nach und nach die schillernden Gestalten der »einschlägigen Etablissements«. Wenn das laute Lachen der Gruppen von pinkfarbenen und blassrosa Abendkleidern tragenden Hostessen, die von ihren adipösen Puffmüttern angeführt wurden, auf der Treppe erscholl, dann verwandelte sich das Cassle in einen Palast, dachte Ben. Es waren sowohl im Dezember Miniröcke tragende Frauen in den Dreißigern dabei als auch junge Männer mit Krawatten in tropischen Farben. Es gab auch Männer mittleren Alters, deren kleiner Finger wie bei Ringo Starr abgeschnitten war und die an den ihnen verbliebenen neun Fingern Ringe trugen. Es kam vor, dass sie sich im Zwischengeschoss mit lauter Stimme über ihre Geschäftsgeheimnisse austauschten, was Ben natürlich nicht verstand, oder dass vor Bens Augen Geldbündel ganz beiläufig ihren Besitzer wechselten, was Ben natürlich nichts anging.

Und dann nach drei Uhr wurde es im Cassle wieder totenstill, als sei die spontan begonnene Party ebenso spontan beendet worden, und die verbliebenen Gäste schliefen in unbequemer Haltung auf ihren kleinen Stühlchen. Diese Zeit war die ruhigste, bevor es dann an die Vorbereitungen zum Schließen des Lokals ging, und die Angestellten warteten nur darauf, dass sich das frühe Morgenlicht vom Platz her kommend durch die sich immer seltener öffnende Glastür heranpirschte.

Die ganze Nacht wandte der auf der anderen Seite des Gestells stehende Masumura seinen Blick ab, um Ben möglichst nicht anzusehen, und sprach außer den zwei, drei für die Arbeit erforderlichen Wörtern keinen Ton mit ihm. Für Ben, der sich neben dem schweigsamen Masumura aufhielt, war es jedoch interessant, den diversen Gesprächen der Gäste heimlich zuzuhören, und so fühlte er sich nicht sonderlich einsam. Ben verbrachte seine Nächte zwischen dem vierzig Zentimeter entfernten Schweigen und dem einige Meter entfernten bunten Japanisch.

Am dritten Tag nach ein Uhr, zu der ruhigen Zeit, als von den Geschäftsleuten keine Bestellungen mehr kamen und bevor die Gäste aus den einschlägigen Etablissements hereinströmten, bemerkte Ben zum ersten Mal, dass Masumura ein Buch las. Ob er es nun in dieser Nacht mitgebracht hatte, um nicht mit Ben reden zu müssen, oder ob er es schon früher zum Zeitvertreib während ruhiger Zeiten gelesen hatte – Masumura hatte auf einer Ecke des Gestells ein dickes Buch mit grauem Umschlag aufgeschlagen und hielt seinen Blick darauf gerichtet. Mit dem ungesund ausschauenden Profil von Masumura, der mit gebücktem Körper in das Buch starrte, assoziierte Ben das Profil eines abgemagerten Mönches im europäischen Mittelalter, der in das Lesen einer Bibel vertieft war.

Etwas Merkwürdiges fiel Ben beim Zusehen auf. Masumura schien ewig dieselben Stellen zu lesen, fast ohne jemals die Seiten des Buches umzublättern.

Er wunderte sich, ob es sich wohl um ein äußerst schwer verständliches Buch handelte, und schaute über die schmalen Schultern von Masumura auf das Japanisch, mit dem die Seiten des aufgeschlagenen Buches über und über bedeckt waren. Es waren zwar ihm bekannte Schriftzeichen darunter, aber für Ben ergab der vom ihm erspähte Text keinen Sinn.

Als er Bens Blick bemerkte, schlug Masumura das Buch so zu, als sei er plötzlich erzürnt.

In dem Moment, als Masumura das Buch zuschlug, war sein grauer Umschlag, auf dem keine Illustration war, deutlich zu sehen. Ben erinnerte sich, irgendwo einmal ein ähnliches Buch gesehen zu haben. Ob es eins von den Büchern war, die er in einer Buchhandlung in der Gegend der Waseda-Universität, in die ihn Andō im Herbst mitgenommen hatte, flüchtig gesehen hatte und von denen Andō meinte, es seien »die schwierigen Bücher, die alle lesen«? Auch die Farbe des Umschlags war so wie die des Himmels von damals. Auf dem Umschlag prangten die chinesischen Schriftzeichen für »Yoshimoto«, die danach folgenden konnte er nicht lesen.

»Was ist das für ein Buch?«, fragte Ben, wobei sein Blick auf den Schriftzeichen ruhte, die er nicht lesen konnte.

Als ob er damit »Unverschämtheit!« sagen wollte, ergriff Masumura mit einer Hand das Buch und trat einen Schritt zurück. Mit leiser Stimme, als schmerzte es ihn, Ben zu antworten, sagte er: »Ihr versteht das nicht!«

Ben verschlug es für einen Augenblick die Sprache.

»Nicht zu verstehen« gesagt zu bekommen, erstaunte ihn nicht. In Wirklichkeit dürfte er ja auch wohl kaum etwas verstehen. Plötzlich mit »ihr« in die Mehrzahl gesetzt zu werden, erwischte Ben jedoch in einem ungeschützten Moment. Er beschloss, keine weiteren Fragen über das Buch von Yoshimoto zu stellen.

Masumura schlug das Buch an der von Ben am weitesten entfernten Ecke des Gestells vorsichtig wieder auf und während er Ben von der Seite her anstarrte, nahm er seine frühere Lesehaltung wieder ein.

Welche Geheimnisse wohl in dem Buch von Yoshimoto geschrieben standen? Ben dachte, dass es für Masumura vielleicht ein Terrain sei, in das er selbst überhaupt nicht vordringen könne, oder eventuell sogar ein Talisman gegen ihn. Doch als er im gleichen Moment sah, dass Masumura seine schmalen Schultern nach vorne zog, um so das Buch zu verdecken, ließ sich der merkwürdige Eindruck nicht vermeiden, dass das Gegenteil der Fall war: Masumura trachtete, dieses Buch zu schützen. Ganz so, als ob es augenblicklich in Flammen aufginge, wenn Bens Blick darauf fiele.

Gegen halb vier, wenn sich die Gäste aus den einschlägigen Etablissements entfernten, war es für die Angestellten des Cassle Zeit zu essen.

Für Ben schien die Zeit im Cassle so überaus interessant zu sein, dass ihm in den ersten Tagen sein großer Appetit gar nicht bewusst war, obwohl er am Abend nur Buttercrème-Stückchen und Doughnuts mit roter Bohnenpaste gegessen hatte. Er nahm die letzten Bestellungen der Gäste aus den einschlägigen Etablissements auf und brachte das, was ihm der Koch Satō-san oder der Lehrling Tachibana herübergereicht hatte, in das Zwischengeschoss. Erst wenn er wieder zu Atem gekommen war und der Manager auf seinen vorstehenden Bauch zeigte und selbst über sein eigenes, ihm wohl kurios erscheinendes »Englisch« lachend »Eat! Eat! Food! Food!« rief, merkte er, wie groß sein vergessener Hunger war.

Als sich in der vierten Nacht Ben und Masumura an einer Ecke eines langen, schmalen Tisches bei den Gruppenplätzen einander gegenübersetzten, brachte der Lehrling Tachibana auf Plastiktabletts das Essen aus der Küche. Zum Schluss stellte Tachibana sein eigenes Tablett neben Masumura ab und nahm Platz.

Ben hatte während dieser vier Tage Tachibana vom Eingang der Küche etliche Male Bestellungen zugerufen. Dabei hatte der keine besondere Verwunderung über Bens Existenz gezeigt. Doch genauso, wie Masumura es beim ersten Anblick von Ben getan hatte, blickte auch der gutmütige Tachibana vergleichend zwischen Bens Gesicht und der Uniform hin und her, als er nun Ben tatsächlich direkt gegenübersaß.

Im Laufe dieses vierten Tages hatte Ben es sich angewöhnt, den Blick abzuwenden und den Kopf zu senken, wenn ihn jemand musterte.

Ohne sich darum zu kümmern, dass Ben den Kopf gesenkt hatte, plapperte Tachibana los.

»Wie alt bist du?«

Ben hob den Blick und sah flüchtig in das pausbäckige, naive Gesicht von Tachibana. Die Art, wie er Ben ansah, war ganz anders als damals die von Masumura.

»Siebzehn bin ich.«

»Aha, siebzehn. Tja, genau wie ich!«

Ben zog im Kopf siebzehn von zweiundvierzig ab, um sein Geburtsjahr in das entsprechende Jahr der Shōwa-Dynastie umzurechnen, und setzte gerade an, das Ergebnis bekannt zu geben, als Masumura, der bislang schweigend zugehört hatte, von der Seite mit lauter Stimme »seventeen« sagte.

Den S-Laut betonte Masumura zischelnd wie eine Schlange, und seine Stimme durchdrang das Cassle bis in die hinterste Ecke.

»I am ssseventeen years old!«

Tachibana studierte das Gesicht von Masumura, das ihm für einen Scherz zu ernst war, und verfiel daraufhin in Schweigen.

Ben senkte abermals seinen Kopf.

Bald standen vor ihm eine Schale mit einem Reisgericht sowie ein Teller mit einem Berg feingeschnittenem Weißkohl und einem Fisch mit roter Haut.

Einen solchen Fisch hatte er noch nie gesehen. Wie von vielen Dingen um ihn herum, kannte Ben auch den Namen dieses Fisches nicht.

Masumura und Tachibana war der Name des Fisches sicher geläufig. Doch Ben verspürte keine Lust, sie zu fragen. Er wollte nicht sehen, wie er sich beim Fragen in den Augen von Masumura spiegelte.

Ben brach die Einwegstäbchen auseinander und fasste sie mit einer Hand. Die Art und Weise, wie er sie hielt, unterschied sich von der von Masumura und Tachibana, die ihm direkt gegenüber bereits mit dem Essen angefangen hatten. Statt der üblichen Art, die zwei Stäbchen zwischen Daumen und Zeigefinger über Kreuz laufen zu lassen, sie auf und ab zu bewegen und mit ihnen zu greifen, verdrehten sie sich horizontal wie bei einer Schere. Ben war bewusst, dass diese Art Stäbchen zu halten seltsam war, aber er hatte es einfach mal so ausprobiert. Es gelang ihm sogar, einzelne Reiskörner zu ergreifen, und so war es für ihn nicht weiter umständlich.

Das war die Art Stäbchen zu halten, wie Ben sie in seiner Kindheit im Nebengebäude hinter dem Haupthaus, in dem er mit seinen Eltern wohnte, von der Dienerschaft gelernt hatte. Ben wusste nicht mehr, ob die Dienstboten es selbst so machten, ob es das Resultat davon war, dass Ben ihre Angewohnheiten ungeschickt nachahmte, oder ob sie den Aufwand gescheut hatten und Ben die richtige Handhabung gar nicht erst hatten beibringen wollen. Er erinnerte sich noch dunkel daran, wie sein Vater es als »Angewohnheit eines Kulis« abgetan hatte, aber nach seiner »Rückkehr« nach Amerika hatte er seither nicht die Gelegenheit gehabt, kindliche Angewohnheiten zu korrigieren.

Masumura stieß Tachibana leicht mit dem Ellenbogen an und deutete mit dem Kinn darauf, wie Ben die Stäbchen hielt und mit ihnen hantierte. Anders als Masumuras verächtlicher Blick, der bedeutete, dass er ein weiteres *Detail* ans Licht gebracht hatte, lag in den Augen von Tachibana ein kindliches Leuchten, so als faszinierten ihn die Bewegungen eines seltenen Tieres.

Die zwei unterschiedlichen, sich von vier schwarzen Pupillen aus auf ihn konzentrierenden Arten von Leuchten verspürend, schaute Ben auf sein Tablett aus Plastik herab. Dort unten lag der *Fisch*. Ein namenloser Fisch, ein von roter, weicher Haut umhüllter Fisch.

Er hob die Stäbchen und wie mit einer Schere stach er heftig auf den Fisch ein. Er packte mit den Stäbchen ein Stück von der sich sofort lösenden roten Haut und dem weißen Fleisch und steckte es eiligst in den Mund, damit es nicht herunterfiel.

Direkt darauf spuckte er alles mit einem »Bäh!« wieder aus. In dem Stückchen Fleisch und Haut, das er auf den Teller gespuckt hatte, funkelte eine Menge großer und kleiner Gräten.

Masumura und Tachibana machten große Augen. Die noch im Mund verbliebenen winzigen Gräten blieben ihm im Halse stecken, und er bekam keine Luft mehr.

Ben wollte sich auf der Stelle umbringen.

Als könnte er nicht länger schweigen, meinte Tachibana: »So macht man das!« Er teilte den Fisch auf seinem Teller entlang der Mittelgräte fein säuberlich in zwei gleichmäßige Hälften.

»Entschuldigung!«

Ben räusperte sich noch einmal und wischte sich mit einem feuchten Tuch den Mund ab. Als er es Tachibana nachmachen wollte, stach er mit den verdrehten Stäbchen an der Mittelgräte in den Fisch und versuchte, sie entlang der Gräte zu ziehen. Doch sie blieben an den anderen Gräten hängen und zeichneten eine gezackte Linie in die rote Haut.

»Falsch! So muss man das machen!« Tachibana wollte seine eigene Hand nach Bens Hand ausstrecken, die so ungeschickt in der Handhabung der Stäbchen war. Plötzlich hielt von rechts Masumura die Hand von Tachibana noch in der Luft zurück.

»Das bringt doch nichts.«

Wie von Masumuras Stimme zurückgehalten zog Tachibana seine Hand wieder zu sich und hüllte sich in Schweigen.

»Das bringt nichts, weil es doch sowieso absolut falsch ist.«

Ben senkte noch einmal den Kopf.

Masumura, der schnell zu Ende gegessen hatte, zündete sich zufrieden eine Highlight an und stand dann von seinem Platz auf.

Auch Tachibana erhob sich und ging, als wolle er Masumura folgen, nachdem er noch einen Blick auf Ben und dessen gesenkten Kopf geworfen hatte.

Ben, der alleine an einer Ecke der Gruppenplätze zurückgeblieben war, aß weiter, wobei er aus dem zerpflückten Fisch mit den Fingern Gräte um Gräte entfernte. Wie zum Schichtwechsel setzten sich Satō-san und Yasuda-kun ihm gegenüber hin und begannen zu essen. Währenddessen hob Ben kein einziges Mal seinen Blick. Nachdem sie aufgestanden waren, hatte er endlich seinen Fisch zu Ende gegessen.

Zuletzt hob Ben, wie er es von den Dienstboten gelernt hatte, die Schale hoch bis zum Mund und schlang den Rest Reis auf einmal hinunter.

Es war am Morgen des sechsten Tages.

Gerade als er vor Geschäftsschluss die Tabletts fertig gesäubert hatte, wurde Ben zum Manager ins Erdgeschoss gerufen. Auf Tachibana zeigend, der dabei war, die hinten in der Küche gestapelten schwarzen und himmelblauen Plastikbeutel hinauszutragen, trug ihm der Manager auf, dass er helfen solle: »Müll, out!« Ben hob mit beiden Händen einen großen schwarzen Beutel hoch, dessen durchnässter Inhalt hin und her schwappte, und als er mit einem Fuß die Küchentür aufstieß und nach draußen ging, lag dort eine Hintergasse. An der Ecke der halbdunklen Gasse, in der sich Rotlichtbars, Amüsierlokale und Restaurants aneinanderreihten, stand Tachibana in seiner Schürze.

Tachibana schob mit der Spitze seiner Holzsandale den eben herausgebrachten schwarzen Müllbeutel auf einen Haufen von vielen anderen schwarzen und himmelblauen Müllsäcken. »Hierher!«, rief er, als er Ben erblickte. Ben brachte seinen schwarzen Beutel bis zu der Stelle, an der Tachibana stand, indem er ihn hinter sich über das Pflaster der Seitengasse herschleifte, und stopfte ihn ebenso mit der Spitze seines Halbschuhs zu dem Müllberg.

Hinter ihnen erklang ein Geräusch auf dem Pflaster. Es war das Geräusch von leichten Schritten, wie von einer Schar kleiner trippelnder Tiere. Ben und Tachibana drehten sich gleichzeitig um.

Etwa in der Mitte der Gasse befand sich eine ausge-schaltete Neonreklame, deren chinesische Schriftzei-chen Ben nicht lesen konnte. Darunter tauchten hinter-einander einige Frauen auf, die dann eilig über das Pflaster in die vom Cassle entgegengesetzte Richtung gingen. Hinten in der Gasse blitzte unter den braunen und schwarzen Mänteln ab und zu in einer Grundfarbe der Saum eines Morgenmantels hervor. Die sich ent-fernende Reihe von Frauen bog nach links ab und ver-schwand in Richtung Bahnhof.

Die Geräusche der ersten Bahn erreichten die Gasse, und dann wurde es in der Umgebung wieder totenstill.

Aus der Hintertür kam Masumura heraus, zusammen mit Yasuda aus dem Erdgeschoss. Nachdem die beiden die Plastikbeutel, die sie in ihren Händen trugen, achtlos auf den Müllhaufen geworfen hatten, zündete sich Masu-mura eine Zigarette an und stand schweigend mitten auf der Gasse. Sowohl Yasuda als auch Tachibana machten keinerlei Anstalten, ins Cassle zurückzukehren.

Masumura starrte in den hinteren Teil der Gasse und lief dorthin, als hätte etwas seine Aufmerksamkeit er-regt. Er machte vor einem unbeleuchteten Restaurant Halt, das sich neben dem Lokal befand, aus dem die Frauen gekommen waren.

Vom Platz her schlich sich das vor der Morgendäm-merung noch fahle Licht gerade bis zum Beginn der Gasse, aber im hinteren Teil war es nach wie vor finster. Ben richtete seinen Blick dorthin. Seitlich vom Gittertor des Restaurants, wo Masumura stand, waren – wie an-stelle eines an der Ecke aufgeschichteten Haufens von

Müllbeuteln – Kisten mit Lebensmitteln aufgestapelt, die so wirkten, als seien sie gerade erst geliefert worden.

Nachdem Masumura sich umgeschaut und vergewissert hatte, dass sich niemand sonst in der Gasse aufhielt, trat er seine Zigarette auf dem Pflaster aus und öffnete die oberste Kiste. Im düsteren Licht waren etliche Dutzend weißer Eier in dem Behälter nebeneinander gereiht.

Masumura nahm ein Ei heraus. Er schaute sich noch einmal um, schlug es dann mit einer für Ben erstaunlichen Bewegung, die so schnell war wie die eines Taschenspielers, an seinem uniformierten Knie auf und schüttete den Inhalt in seinen Mund. Die weiße Schale fiel mit einem leisen Geräusch aufs Pflaster.

Mit einer Handbewegung, die »Los! Ihr auch!« bedeutete, winkte Masumura Yasuda und Tachibana herbei. Als er die Richtung sah, in die seine Handbewegung ging, war Ben klar, dass er selbst in diesem »ihr« nicht mit eingeschlossen war. Ben stand alleine an der Ecke und verfolgte, wie sich Yasuda und Tachibana bis vor das Restaurant begaben. Yasuda nahm wie Masumura ein Ei aus der Kiste, führte es zum Mund, nachdem er es mit der Faust der anderen Hand aufgeschlagen hatte, und trank es aus, ohne auch nur einen Tropfen zu verschütten.

Auch Tachibana beugte sich nach vorne, schlug das Ei an der Spitze seiner Holzsandale auf und schlang den Inhalt auf einmal herunter, nachdem er es zum Mund geführt hatte.

In der stillen Gasse beobachtete Ben von seiner Ecke die schnellen, geschmeidigen Bewegungen, die die drei Gestalten in den weißen Uniformen wiederholten.

Allein von der Vorstellung, wie ein rohes Ei schmeckte, wurde Ben übel.

Vom Platz her fiel ein Lichtstrahl in die Gasse und beschien das Pflaster, aber er reichte nur bis kurz vor die Füße der drei Personen.

In diesem Augenblick schien es so, als ob die drei im Schatten gleichzeitig ihren Blick auf Ben richteten, der allein an der Ecke stand, wo es schon hell geworden war. Mitten unter den drei Uniformierten, die zu einer weißen Masse geworden waren, machte er Masumuras Lippen aus, die begonnen hatten, sich zu bewegen.

»Das könnt ihr nicht, was?!«

In der Gasse hallte Masumuras Stimme wider. Seine Stimme hörte sich merkwürdig feindselig an.

Ben sah sich unwillkürlich um. Es war niemand dort.

Sollte hinter mir überhaupt irgendjemand zu sehen sein?

Er und die drei in Uniform, die ihm nun wie zum Kampf gegenüberstanden, rührten sich keinen Millimeter. Aus dem Schatten vernahm er nur das Kichern von Yasuda.

Ben wurde ein Gefühl nicht los, das kein Zorn zu sein schien, aber von dem er auch nicht sagen konnte, was für ein Gefühl es genau war. Wie von einer unbekannten Kraft in Bewegung gesetzt, ging er über das Pflaster und blieb direkt vor den dreien stehen. Er wich Masumura aus, fasste mit der Hand in die Kiste und griff nach einem Ei.

Masumura hatte sich noch weiter nach hinten in die Gasse zurückgezogen.

Smash it in his fucking face!

Dieser englische Satz schoss Ben durch den Kopf, aber diese momentane Verwirrung legte sich direkt wieder.

Ben schlug das Ei am Rollgitter des Restaurants auf. Ein Teil des Inhaltes blieb am Gitter hängen, ein Spritzer beschmutzte den Kragen seiner weißen Uniform. Als er das aufgeschlagene Ei bis zu seinem Gesicht hochhob, folgte er mit seinen Augen der kleinen japanischen Flagge, die in der halbdurchsichtigen Flüssigkeit schwebte. Augenblicklich kippte er den Inhalt in seinen Mund.

In der Gasse wurde es für einen kleinen Moment taghell.

Ben erstickte beinahe an der zähflüssigen Masse, die ihm am Gaumen und im Hals klebte, und er verspürte einen Brechreiz, doch er schluckte alles hinunter.

Masumuras hinten in der Gasse dumpf leuchtende Augen und Bens Augen sahen einander an. Masumuras Augen waren ausdruckslos. Sie starrten bloß in die Richtung, in der Ben stand, und wie am Abend, als sie sich zum ersten Mal getroffen hatten, war keinerlei Regung in ihnen.

Ben wandte als Erster die Augen ab, drehte sich von den dreien weg und lief los. In dem Augenblick, als er durch die Küchentür das Cassle betrat, schien es ihm, als hörte er einen Jubelschrei von Tachibana: »Du hast es geschafft!« Von der Küche lief er weiter vorbei an der Kasse, wo der Manager einen Stapel Belege durchblätterte, in das Zwischengeschoss und dann vorbei an den Séparées. Erst als er vor dem Umkleideraum im zweiten Stock anhielt, merkte er, dass er am ganzen Körper zitterte. Er riss sich die vom Kragen bis zum Oberschenkel bekleckerte Uniform vom Leib.

Durch den Umkleideraum, wo sich sonst niemand aufhielt, echote seine Stimme: »Ich schäme mich!«

Als er den einzigen Spind ohne Namensschild öffnete, hingen dort sein Flanellhemd und seine Jeans.

Ben richtete seinen Blick nach oben.

Durch die Lüftungslöcher schien das frühe Morgenlicht Shinjukus herein. Dieses Licht traf auf seine unbekleideten, weißen Arme. Er erinnerte sich an die Abenddämmerung im Herbst, zu der Andō auf die Lichter in der Ferne gezeigt und ihm erklärt hatte: »Das ist Shinjuku!«

Das, was durch die Lüftungslöcher hereinströmte, war einfach nur Licht. Gewöhnliches, fahles Licht eines frühen Morgens.

Das Zittern hörte plötzlich auf. Ben zog sich langsam seine amerikanische Kleidung an. Als er die schmutzige Uniform sorgfältig in den Spind gelegt hatte, stellte er sich noch einmal auf den Treppenabsatz und schaute die lange Treppe hinunter. Dort lag die Marmortreppe des Konsulats. Da lag die kleine, ausgetretene Steintreppe von dem Morgen, als er zum ersten Mal in Shinjuku ausgestiegen war.

Ben blieb eine Weile auf dem Treppenabsatz stehen.

Von der Kasse im Erdgeschoss war der Manager schon verschwunden. Ben stahl sich die Treppe hinunter. Er durchquerte das Erdgeschoss und ging leise in Richtung Glastür.

Anhang

Nachwort des Autors

Ich – der ich keinen einzigen Tropfen japanischen Blutes in mir habe – werde oft gefragt, warum ich Romane auf Japanisch schreibe.

Offen gesagt, mich bringt diese Frage in Bedrängnis.

Warum ich auf Japanisch schreibe?

Auf diese Frage möchte man spontan antworten, dass Japanisch so schön ist, dass nicht einmal Französisch damit zu vergleichen ist, und ob es somit nicht natürlich sei, auf Japanisch schreiben zu wollen. Und man möchte auch sagen, dass weder Rasse noch Nationalität eine Rolle spielen, ja, ob denn nicht auch der als Pole geborene Conrad auf Englisch – für ihn ja eine »Fremdsprache« – geschrieben habe.

Doch wo ergab sich denn eigentlich bei mir die Notwendigkeit, Romane in japanischer Sprache zu schreiben?

Ich bin immer um eine Antwort verlegen. Was daran liegt, dass bei der »Notwendigkeit« für mich, auf Japanisch zu schreiben, Erfahrungswerte und subjektive Faktoren eine große Rolle spielen. Während der weit über zwanzig Jahre, die ich seit meinem sechzehnten Lebensjahr in Japan verbracht habe, habe ich die Ereignisse im Leben eines Menschen – die kleinste Einheit einer Erzählung –, die ein normaler Amerikaner in Kalifornien oder Minnesota in der englischen Sprache gemacht hätte, an Orten wie Sakuragichō, Nishi-waseda,

Hongo, Kōenji, Shinjuku oder Higashi-nakano auf Japanisch erlebt.

Mein Japanisch wurde aus meinem Schmarotzertum mit sechzehn, siebzehn Jahren geboren. Wie bei Ben Isaac wurde das, was ein jugendlicher Ausreißer in der Stadt aufliest, um zu überleben, zum Ausgangspunkt meines Japanisch. Die japanische Sprache schlug im fruchtbaren Inneren eines Sechzehnjährigen Wurzeln, die »Welt« des Sechzehnjährigen wurde durch die japanische Sprache gefiltert und viele Male wiedergeboren.

Ein Jugendlicher steigt aus der westlichen Kultur aus und bewegt sich auf der unsichtbaren Grenzlinie zwischen dem inneren und dem äußeren Japan. Die Wanderschaft von Ben Isaac, der von Amerika »ausreißt« und in Shinjuku Zuflucht sucht, ist eine Erzählung von einer Grenzüberschreitung *nach Japan*.

Diese Erzählung konnte ich nur auf Japanisch schreiben.

Levy Hideo
14. Januar 1993

Vom Verfasser an den Leser
Zum ersten Mal Japanisch

Ich fuhr mit dem Fahrrad unter einem kobaltblauen Himmel, der sich auf ewig nicht verändern würde. Der Campus der Stanford University, an der ich Japanische Literatur lehrte, soll von seiner Fläche ebenso groß sein wie der Tōkyōter Stadtteil Shinjuku. Ich brachte mein Leben damit zu, jeden Tag unter dem im Frühling sowie im Herbst wolkenlosen Himmel zwischen meinem Apartment und dem Seminargebäude der Abteilung für Ostasiatische Sprachen hin- und herzufahren. Und von einer bestimmten Zeit an ergab es sich, dass ich mit japanischem Manuskriptpapier mit aufgedruckten Kästchen im Korb meines Rades fuhr.

Die Welt, die in japanischer Sprache auf dem Manuskriptpapier geschrieben stand, unterschied sich in der Realität von der Welt, die ich um mich herum sah. Sie unterschied sich beträchtlich davon. Während ich so mit dem Fahrrad fuhr, gab es unter den mir entgegenkommenden Passanten vieler Rassen kaum jemanden, der die auf das Manuskriptpapier geschriebenen Wörter hätte lesen können.

Als sei mein Leben bis dahin in zwei Hälften geteilt gewesen, hatte ich jeweils genau die Hälfte davon in Amerika und in Japan verlebt. In der amerikanischen Hälfte las ich auf den weiten Universitätsgeländen an der Ost- und Westküste japanische Literatur, gelegentlich fertigte ich auch Übersetzungen an. In der anderen Hälfte versuchte ich für möglichst lange Zeit in Japan zu leben, wobei ich zumeist in Shinjuku von einer in einem Holzgebäude gelegenen Wohnung von vier oder sechs Tatami Größe in die nächste umzog.

Das Manuskriptpapier hatte ich in meiner japanischen »Hälfte« im Nebengebäude hinter der Buchhandlung Kinokuniya in Shinjuku gekauft und nach Amerika mitgebracht. Ab einem gewissen Zeitpunkt regte sich das Bedürfnis, auch in der amerikanischen »Hälfte« dieses Manuskriptpapier in japanischer Sprache zu beschreiben. Japanisch sprechende Stimmen – wie ich sie in meiner Tōkyōter »Hälfte« täglich vernahm – drangen nicht durch das Fenster meines Zimmer in Kalifornien, wo die intensiven Sonnenstrahlen auf das auf dem Tisch ausgebreitete Manuskriptpapier fielen. Die Geschichte, die ich in ungelenken Schriftzeichen auf das Manuskriptpapier hatte schreiben wollen, handelte von Shinjuku in einem bereits zwanzig Jahre zurückliegenden Spätherbst, wie es ein siebzehnjähriger Ausreißer erlebt hatte. Der in jeweils knappen, fragmentarischen Stücken auf das Manuskriptpapier skizzierte Inhalt und die dieses Manuskriptpapier umgebende Umwelt hätten unterschiedlicher nicht sein können. Vielleicht verspürte ich deshalb einen ungewöhnlichen Nervenkitzel, als ich beschloss, auf Japanisch zu schreiben.

Vielleicht hatte ich damals, als ich beschloss, *Ein Zimmer, wo das Sternenbanner nicht zu hören ist* zu schreiben, nicht nur einen Roman, sondern einen Roman *auf Japanisch* schreiben wollen. Als ich begonnen hatte, das

Fortlaufen eines amerikanischen Jugendlichen nach Shinjuku in einer kleinen Erzählung zu beschreiben, war ich von dem Gefühl gefangen, dass diese Geschichte – auch wenn ich sie in englischer Sprache verfasst hätte – nicht mehr als eine englische Übersetzung aus dem Japanischen gewesen wäre. Und obwohl ich ein Risiko einging, fügte ich dem Manuskriptpapier wohl deshalb Tag um Tag im intensiven Sonnenlicht jeweils nur einige, ungelenke chinesische Schriftzeichen und Silbenschriftzeichen hinzu.

An einem Ort, an den kein Japanisch drang, schrieb ich weiter und träumte von einer japanischsprachigen Leserschaft.

Levy Hideo

Kommentar
Sprachlicher Grenzgänger[1]

von Tomioka Kōichirō

In *Ein Zimmer, wo das Sternenbanner nicht zu hören ist* findet man neben dem Titelwerk die beiden Erzählungen *November* und *Kameraden*, alle Werke wurden in der Zeitschrift *Gunzō* veröffentlicht. Das Titelwerk erschien 1987 (Shōwa 62) in der Märzausgabe von *Gunzō*. In Literaturzeitschriften stehen im Inhaltsverzeichnis gewöhnlich nur die Autoren- und Werksnamen, und da es weder Autorenvorstellungen noch Anhaltspunkte gibt, blättert der Leser einfach die Seiten durch und steigt direkt in die Geschichten ein. Er liest wirklich nur das Werk. Das war seit jeher bei den Literaturzeitschriften so Brauch und ihr Stolz (was leider in den letzten etwa zehn Jahren völlig verpufft ist).

Seither sind bereits siebzehn Jahre ins Land gegangen, doch der Schock, den die Lektüre von *Ein Zimmer, wo das Sternenbanner nicht zu hören ist* in *Gunzō* bei mir auslöste, ist bis heute unvergesslich geblieben. Ohne zu wissen, wer »Levy Hideo« ist, welchen Lebenslauf er sein Eigen nennt, was für ein Mensch er überhaupt ist, las ich die Erzählung in einem Rutsch durch, als sei ich von der merkwürdigen Kraft des Werkes in Bann gezo-

---

[1] Der Aufsatz von Tomioka Kōichirō wurde als erläuterndes Nachwort in der Taschenbuchausgabe von 2004 (Kōdansha bungei bunko) abgedruckt.

gen worden. Als dann der siebzehnjährige Amerikaner jüdischer Abstammung mit Namen Ben Isaac aus dem Konsulat in Yokohama, in dem er mit seiner Familie wohnte, weglief und in das Shinjuku von 1967 eintauchte – bis hin zu dieser Schlussszene kam ich nicht umhin, das Erstaunen zu verspüren, dass es sich bei dem Verfasser *nicht um eine gewöhnliche Person* handelte.

»Endlich bin ich ausgestiegen, zusammen mit allen anderen ausgestiegen! *Dieser Gedanke ging Ben auf Japanisch durch den Kopf. Er drehte sich zum Ausgang um und unbewusst lächelte er wie ein Straßenjunge, dem gerade eine kleine Gaunerei geglückt war und der sich nun selbst feierte. Von einem Gefühl der Solidarität mit den auch im selben Shinjuku ausgestiegenen Leuten und von einer heftigen, sie betreffenden Wissbegierde getrieben, blieb er mitten auf der Überführung stocksteif stehen. Seine langen, hellblonden Haare wurden vom angenehm kühlen Wind zerzaust. Sowohl vor als auch hinter ihm waren es unzählige hundert Leute aus Shinjuku, die es alle mit eilenden Schritten in vorbestimmte Richtungen trieb. Wie die Strömung eines Flusses einen unförmigen Stein umfließt, teilten sie sich um Ben herum in zwei Ströme. Sobald sie Ben hinter sich gelassen hatten, flossen sie wieder zusammen und liefen in die Stadt hinein, die sich jenseits des Fußgängerweges ausdehnte.«*

Da ich jetzt diesen Text zitiere, fällt mir zum ersten Mal auf, dass der Autor das Wort *angenehm* hervorgehoben hat, aber als Levy Hideo dieses Erstlingswerk in einer

Literaturzeitschrift veröffentlichte, hat er sicherlich Freude darüber verspürt, dass ihm – wie sein jugendlicher Protagonist Ben in Amerika geboren und ohne einen einzigen Tropfen japanischen Blutes – durch das Schreiben dieser Geschichte in japanischer Sprache eine »kleine Gaunerei« geglückt ist. Vielleicht war es wirklich so etwas wie eine »kleine Gaunerei«, dass mit Levy Hideo durch das Schreiben und Veröffentlichen dieser Geschichte ein Amerikaner mit englischer Muttersprache zum ersten Mal in der Geschichte einen Roman auf Japanisch verfasste und damit in die Welt der japanischen Literatur einfiel. Ein »gaijin«, jemand von draußen, schreibt auf Japanisch einen Roman. Diesen Umstand an sich vermag man nicht anders als eine Art von Neuheit aufzufassen. Aber das Auftauchen von *Ein Zimmer, wo das Sternenbanner nicht zu hören ist* war mehr, als dass ein Ausländer einen Roman in japanischer Sprache geschrieben hatte, es hatte eine solche Auswirkung, dass man sogar sagen kann, es habe die Möglichkeiten der japanischen Sprache seit der Bewegung der Übereinstimmung von gesprochenem und geschriebenem Japanisch in der Modernisierung der Meiji-Zeit noch einmal grundlegend hinterfragen und revidieren können.

Die Einführung einer Übereinstimmung von gesprochenem und geschriebenem Japanisch in der Meiji-Zeit verlief parallel zur Geburt Japans als modernem Nationalstaat. Oder anders ausgedrückt, die japanische Sprache wurde zum Mittel für die Erschaffung einer nationalen Identität der Japaner beziehungsweise Japans und rief somit die Ideologie einer Einheitlichkeit von Sprache = Rasse = Kultur = Nationalität ins Leben. Natürlich ist das keine Eigentümlichkeit Japans, auch im Europa des 19. Jahrhunderts waren die Errichtung von Nationalstaaten und die Literatursprachen untrennbar miteinander verbunden. Es traten nämlich große Schriftsteller gerade als Meister ihrer Muttersprache in Erscheinung, und jemand wie Franz Kafka, der als in Prag lebender Jude seine Werke in deutscher Sprache verfasste, blieb eine Ausnahme (tatsächlich ist das, was die literaturwissenschaftliche Bewertung von Kafka ausmacht, eine Ausweitung der Exilantenliteratur durch Kriege und Revolutionen und eine nationalitätenübergreifende literarische Schöpfung in verschiedenen Sprachen seit Beginn der zweiten Hälfte des 20. Jahrhunderts).

Der Auftritt des in japanischer Sprache schreibenden Autors Levy Hideo war in diesem Sinne hinsichtlich der im modernen Japan ungefähr ein Jahrhundert überspannenden Ideologie der Gleichsetzung von Sprache mit Volk und Staat ein Herausforderung. Und ein besonderes Augenmerk ist darauf zu richten, dass diese Herausforderung nicht mit einer weiteren Ideologie, nämlich mit einer großspurigen Debatte über »Internationalität« und über die Überwindung des Mythos von der Einheit von Volk und Sprache, aufgenommen wurde, sondern mit dem literarischen Genre des »Romans« als einer »kleinen Erläuterung«, im Sinne der Schriftzeichen des Wortes *shōsetsu*. In einem seiner Essays schrieb Levy Hideo das Folgende. Es ist dies auch das zugrundeliegende Motiv des hier vorliegenden Werkes:

»*Vielleicht verspüre ich, größtenteils unbewusst, von den Japanern ausgehende massive Besitzansprüche, wenn es sich um ihre Sprache handelt, und vielleicht verspüre ich auch weiterhin, dass ich mich, seit ich 1967 zum ersten Mal nach Tōkyō gekommen bin, über ein Vierteljahrhundert hindurch wegen dieser Besitzansprüche immer ausgeschlossen gefühlt habe. Von der anderen Seite aus betrachtet, also aus Sicht derer, die als Japaner geboren sind, bedeutet die japanische Sprache nicht nur ›beherrschen/nicht beherrschen‹, ›sprechen können/nicht sprechen können‹ oder ›schreiben können/nicht schreiben können‹, auf einer tieferen Ebene scheint die Frage von ›besitzen/nicht besitzen‹ ständig aufgeworfen zu werden. Und je mehr die eine Seite zeigt, dass sie die Sprache beherrscht, sie sprechen und schreiben kann, desto mehr wird von der anderen Seite das ›Besitzrecht‹ an der letzten Endes nicht begreifbaren Sprache zum Problem gemacht. Wie viele Erfahrungen und Empfindungen man auch mit den als Japanern geborenen Personen teilen mag, für eine nicht der gleichen Rasse zugehörigen Person ist die japanische Sprache unabänderlich mit der Bedingung ›Pachtrecht‹ verknüpft.*«[2]

Kurz gesagt, es geht in diesem Werk um den Kampf, den die sich um das »›Besitzrecht‹ an der Sprache« drehende Sprache hervorruft. Levy Hideo setzte sich seit jungen Jahren mit der japanischen Sprache auseinander, war

---

[2] Aus: *Nihongo no ›shoyūken‹ wo megutte* (»Über das ›Besitzrecht‹ an der japanischen Sprache«), veröffentlicht 2001 in *Nihongo wo kaku heya* (»Ein Zimmer, wo man Japanisch schreibt«).

dann später als Literaturwissenschaftler für japanische Literatur an den Universitäten Princeton und Stanford in der Lehre tätig und übersetzte vortrefflich das *Man'yōshū* in die englische Sprache. Waren es nicht derlei Tätigkeiten als Japanologe, die schlussendlich das Problem des »Besitzrechtes« an Sprache haben erst aufkommen lassen? Aber das Schreiben eines »Romans« in japanischer Sprache wäre sicherlich nicht machbar gewesen, ohne dass sich der Autor mit diesem Problem nolens volens beharrlich auseinandergesetzt hätte. Dies war wahrscheinlich ein Gebiet, auf das sich bisher kein einziger Wissenschaftler für japanische Literatur oder Übersetzer vorgewagt hatte. Die Schwierigkeit der Übersetzung von Literatur in japanischer Sprache ins Englische (oder eine andere Sprache) macht diese Tätigkeit zu Schwerarbeit und zu einer großen Tat. Es ist allgemein bekannt, dass aufgrund der Übersetzungen der Werke von Kawabata Yasunari, Mishima Yukio, Tanizaki Jun'ichirō und weiterer etwa durch Donald Keene oder Edward Seidensticker die moderne japanische Literatur weltweit große Bekanntheit erlangt hat. Aber trotz aller Schwierigkeiten beschränkten sich die Forscher und Übersetzer hinsichtlich der japanischen Sprache auf den Standpunkt eines »Pachtrechtes«. Ja, mehr noch, es wurde sogar energisch verlangt, dort zu verharren.

Doch dadurch, dass Levy Hideo einen »Roman« *schrieb*, begegnete er dem »Land, in dem Wortseelen prachtvoll und reich gedeihen«. Dabei wurde von der »anderen Seite« genau die Frage nach dem »Besitzrecht«

an der japanischen Sprache aufgeworfen. In *Ein Zimmer, wo das Sternenbanner nicht zu hören ist* gibt es eine eindrucksvolle Szene. Dies ist für den Protagonisten Ben der Moment, in dem ihn die Mitglieder des English Conversation Club der Universität ansprechen, aber »Aussprache und Akzent der Mitglieder des English Conversation Club waren recht akkurat« und sie unterhielten sich in »makellosem Oxford-Englisch«. Diese Fragen und die Konversation waren äußerst formell, doch dadurch lehnten sie deutlich ab, Ben selbst zu ihrer Welt, nämlich dem »Besitzrecht« an der japanischen Sprache, jemals Zugang zu gewähren. Hier zeigt sich die durchgängige Haltung, durch geschickten manipulatorischen Einsatz des Englischen (der Fremdsprache) ihr eigenes »Sprache = Rasse = Kultur = Nationalität« vor den Übergriffen von Ausländern rigoros zu verschließen. Dass diese Schwelle vielmehr von der anderen Seite übertreten wird, geschieht durch einen einzelnen Invasor, der eine viereckige Mütze aufgesetzt hat, eine Studentenuniform trägt und ihn plötzlich *auf Japanisch* anspricht.

»Die drei vom English Conversation Club verloren die Geduld und wandten ihren Blick gleichgültig von dem Eindringling ab, aber Ben fragte in stockendem Japanisch zurück: ›Und woher kommst du?‹

Ben hatte ihn ernsthaft fragen wollen, doch der Student in Uniform machte ein Gesicht, als hätte man ihn auf dem falschen Fuß erwischt, und er war einen Augenblick um eine Antwort verlegen.

›Aus der Präfektur Aichi hier in Japan‹, sagte er mit klarem Blick. Er wich den starrenden Blicken der ironisch lächelnden drei anderen aus und stellte Ben eine weitere Frage.

›Du bist hier in Japan, warum sprichst du dann Englisch?‹«

Ein Wort dieses Studenten namens Andō Yoshiharu öffnet Ben die Tür zu einer bis dahin verschlossenen Welt und lädt ihn auf das Gebiet einer neuen Sprache ein. Dies ist sicherlich die Welt der japanischen Sprache, und der jugendliche Ausreißer steigt im Stadtviertel »Shinjuku« aus – an dem Ort, den ihm sein Vater, der Konsul, verboten hat: »Vor allem nicht an Orte wie Shinjuku!«

Deshalb ist »Shinjuku« nicht nur ein Stadtteil von Tōkyō in Japan. Für diesen Roman bedeutet »Shinjuku« die japanische Sprache an sich, die Seele der Sprache, die Beschwörungsformel zur Überschreitung der Grenze des »Besitzrechtes« einer Sprache, die eine Rasse und ein Volk bezeichnet. Durch das Aussprechen dieser Beschwörungsformel wird Ben nicht auf das »Japan« als Gegenstand eines asiatischen Hobbys oder des Orientalismus, sondern auf das Chaos eines wirklichen, ungeschminkten Japanisch losgelassen.

Übrigens antwortet der Autor im Nachwort auf die Frage, warum er auf Japanisch schreibe, weil Japanisch schön sei. Und wiederum an einer anderen Stelle sagt er:

»Da die japanische Sprache schön ist, wollte ich auch auf Japanisch schreiben. Mit knapp unter zwanzig Jahren *war es laut den Linguisten bereits zu spät, um bilingual zu werden, aber in dieser Situation vor einem Ausbildungsabschluss und einer Berufswahl, in der die Muttersprache diese Empfindungen monopolistisch beherrschte, wirkten die japanischen Stimmen, die ich zum ersten Mal hörte, und die teils von den Kana-Silbenschriften durchsetzten Gruppen von Schriftzeichen besonders schön. Aber als ich ein wirkliches Werk schrieb, wäre es nicht mehr als die englische Übersetzung eines japanischen Romans geworden, hätte ich den Inhalt der sogenannten ›Grenzüberschreitung‹, nämlich aus dem Westen nach Japan zu gehen und in die als Pforte zum ›Inneren‹ der Kultur fungierende Sprache einzutauchen, auf Englisch geschrieben. Daher war die Überlegung wichtig, dass es besser sei, von Anfang an ein Original zu verfassen. Ich wollte über die japanische Sprache an sich, die sowohl zur Mauer als auch zur Pforte wurde, einen Roman schreiben.«[3]*

Der Schock, den *Ein Zimmer, wo das Sternenbanner nicht zu hören ist* auslöste, bestand darin, dass durch einen einzigen Außenstehenden, der durch die »Pforte« hereinkommt, die »japanische Sprache an sich« zum Thema eines Romans erhoben wurde und dabei die besonderen Eigenschaften und Wurzeln der japanischen Sprache seit der Modernisierung in der Meiji-Zeit noch einmal neu hinterfragt wurden. Natürlich war darauf

---

[3] Aus: *Boku no nihon gohenreki* (»Meine Wanderschaft durch die japanische Sprache«), veröffentlicht in *Nihongo wo kaku heya* (»Ein Zimmer, wo man Japanisch schreibt«).

zu achten, dass die »Schönheit der japanischen Sprache«, auf die der Autor hier hinweist, nicht die traditio-
nelle »Schönheit« der Prosa im neuzeitlichen Japanisch,
nicht die Form (beispielsweise die Komposition eines
Shiga Naoya, um einen Romancier zu nennen) ist, sondern nichts anderes als die Dynamik der Beweglich-
keit und der Kraft, der Freiheit und der Spannung, die
die japanische Sprache von Kawabata Yasunari bis Ōe
Kenzaburō besitzt, einschließlich der stilistischen Aben-
teuer moderner Schriftsteller wie Nakagami Kenji und
anderer.

Wenn wir nun einmal ein wenig über die Lage der
Literatur in der zweiten Hälfte der 1980er Jahre, in der
dieser Roman erschien, nachdenken, dann sieht die
ganze Situation so aus: Die Schriftsteller der sogenannten Nachkriegsliteratur sind gänzlich aus der literarischen Welt verschwunden. Und seit dem Auftauchen
von Murakami Haruki 1979 befand man sich in einer
Phase, in der die nach dem Krieg geborenen Autoren
innerhalb der als Postmoderne bezeichneten Strömung
nach einem neuen Stil für die Werke (die Sprache)
suchten. Das heißt eine Phase, in der die japanische
Sprache nicht nur von einer traditionellen »Schönheit«
ist, sondern im Wandel der Zeiten nun einmal eine neue
Gussform benötigt und eingeschmolzen werden muss.
Doch wenn ich mich vage an den damaligen Eindruck
erinnere, so war dieses Vorhaben nicht unbedingt von
Erfolg gekrönt. Stile und Techniken des Romans, wie
etwa Parodie oder Persiflage, wurden verschiedentlich
ausprobiert, aber die japanische Sprache war nicht so

weit ausgereift, dass sie einer Belastung durch diese Experimente hätte standhalten können.

Levy Hideo hat in dieser beinahe krisenartigen Situation der japanischsprachigen Literatur von Amerika nach Japan und vom Literaturwissenschaftler für Japanische Literatur zu einem auf Japanisch schreibenden Schriftsteller gewechselt. Seitdem hat dieser Autor mit jedem Werk die Möglichkeiten dieser japanischen Sprache weiter geöffnet, mit *Ten'anmon* (»Der Platz des Himmlischen Friedens«, erschienen 1996) wurde er als erster Amerikaner in der Geschichte Kandidat für den Akutagawa-Literaturpreis und in *Kokumin no uta* (»Ode an die Nation«, erschienen 1998) entwickelte er ein Thema, das in einer Hinzumischung des Dreiecks aus Englisch, Japanisch und Chinesisch zu Taiwan und Festlandchina der sprachlichen Identität nachging. Außerdem betrat er mit *Henry Takeshi Levitzky no natsu no kikō* (»Die Reisebeschreibung eines Sommers von Henry Takeshi Lewitzky«, erschienen in der Literaturzeitschrift *Gunzō*, Ausgabe Juli 2002) Neuland, da er darin am Schauplatz China die Überreste einer jüdischen Synagoge besucht und – vor dem Hintergrund der Sprachen dreier Länder – den Schatten der Juden als seinen eigenen Wurzeln nachzuspüren versucht.

Der japanischsprachige Schriftsteller Levy Hideo fügte der japanischen Literatur ein neues Kapitel hinzu, indem er auf diese Art und Weise durch die fruchtbaren Böden und die Wüsten der Sprache wandelt. Und der anschauliche Ausgangspunkt dafür ist nichts anderes als *Ein Zimmer, wo das Sternenbanner nicht zu hören ist.*

Der globalisierte Mensch – ein Phantom
Zur Bedeutung von Levy Hideos erstem Roman

von Eduard Klopfenstein

Selten bekommt man ein Werk zu lesen wie diesen Erstling von Levy Hideo (geb. am 29. November 1950 in Berkeley, Kalifornien), der sich einerseits auf eine einmalige persönliche Ausnahmesituation – zudem mit eindeutig autobiographischen Zügen – konzentriert und der andererseits dennoch mit so hoher Symbolkraft, über alles Individuelle und Literarische hinaus, auf kulturelle, gesellschaftliche Tendenzen und Entwicklungen unserer Gegenwart verweist.

Heute, da wir in kürzester Zeit überall hin gelangen können, bewegen sich – auch wenn wir vom reinen Tourismus absehen – unter dem Etikett der Globalisierung Millionen von Menschen zwischen Ländern, Kontinenten und Kulturen hin und her, Menschen, die einmal hier, einmal dort arbeiten, einmal hier, einmal dort ihre Zelte aufschlagen; darunter nicht wenige, die schon von klein auf in verschiedenen Weltgegenden, in verschiedenen Sprachen aufgewachsen sind. Vielfach gilt ein internationaler Lebenslauf als Gebot der Stunde, als Voraussetzung für Karriere, Anerkennung und sozialen Status. Flexibilität, Mobilität, Weltläufigkeit um jeden Preis sind die Stichworte, während Daheimbleiben, Verwurzelung, Heimatverbundenheit nicht selten veräcdtlich als Beschränktheit und Unbeweglichkeit, als Stillstand, als Defizit interpretiert werden.[1]

Levys Geschichte setzt hinter dieses modische Credo ein dickes Fragezeichen. Sie spielt in Yokohama und Tōkyō im Jahr 1967, als die Studentenbewegung und die Proteste gegen den Vietnam-Krieg ihren Höhepunkt erreicht hatten. Der siebzehnjährige Ben Isaac, dessen Vater als amerikanischer Konsul in Yokohama stationiert ist, lebt seit kurzem im Konsulat. Abneigung gegen sein Herkunftsland Amerika (symbolisiert in der lästig flatternden und die Aussicht versperrenden Flagge) und die Rebellion gegen seinen Vater treiben ihn in die Flucht. Seltsamerweise verfällt er dem Klang der japanischen Sprache, obwohl er sie noch kaum spricht. Auf seinen Wanderungen durch Tōkyō kann er zunächst kaum ein Zeichen entziffern, und die Laute, die aus der Menge an sein Ohr dringen, ergeben keinen Sinn. Aber irgendwann sinken die Töne in sein Bewusstsein. Er rennt aus dem Konsulat weg und findet mit Hilfe eines japanischen Freundes vom Lande, der noch nicht der großstädtischen Blasiertheit verfallen ist, temporäre Arbeit und Unterschlupf. Es gelingt ihm, aus seinem Käfig in eine neue Sprache und eine neue Welt auszubrechen, oder eigentlich besser umgekehrt gesagt, erstmals heimzufinden.

Entscheidend ist nämlich die Vorgeschichte dieses Jugendlichen. Er ist als Diplomatenkind an verschiedenen Orten in Süd- und Ostasien aufgewachsen, wird in Missionsschulen erzogen, gehört nirgends wirklich dazu.

---

[1] Vgl. z. B. Lobe, Adrian: »Was heisst schon Flexibilität? – Über den Kult der Weltläufigkeit.« In: Neue Zürcher Zeitung, 6.9.2011, S. 23.

Dann kommt die Trennung der Eltern, er geht mit der Mutter nach Amerika zurück, der Mutter, die die Scheidung nicht verwinden kann und psychisch angeschlagen ist. Auch Amerika ist nicht sein Zuhause. Die Sache kompliziert sich dadurch, dass sein Vater als amerikanischer Jude eine Katholikin geheiratet hatte und sich nach der Scheidung mit einer Chinesin zusammentut, was bedeutet, dass ihn seine jüdische Familie quasi als Verräter ausgestoßen hat. Während seiner Zeit in Amerika beschafft sich Ben einmal irgendwie die Telefonnummer seiner Großmutter. Er ruft sie an und nennt seinen Namen; nach einem langen Schweigen knallt die Großmutter den Hörer auf die Gabel; sie hat nichts mit ihrem Sohn und Enkel zu schaffen! Nach dem Schulabschluss soll sich Ben für ein Jahr bei seinem Vater im amerikanischen Konsulat in Yokohama aufhalten, und es kommt zu der oben geschilderten Entwicklung. In einer an sich eher abweisenden, freundlich ausschließenden japanischen Umgebung sucht und entdeckt Ben mit Hilfe seines japanischen Freundes ein Zuhause, sprachlich, kulturell und auch lokal bezogen: Shinjuku ist das Quartier in Tōkyō, zu dem er sich allmählich hintastet und wo er irgendwann zur Gewissheit kommt: Ja, da gehöre ich hin.

Oberflächlich gesehen müsste dieser zweifellos begabte und intelligente Junge ja die besten Voraussetzungen für den perfekt globalisierten Menschen haben, der sich überall gleicherweise souverän bewegt und zu Hause fühlt. Nach gängiger Auffassung sollte diese Ausgangslage geradezu als die große Chance für einen jungen Menschen begriffen werden: Geburt und Kindheit in Amerika, Aufwachsen an verschiedenen Orten in Ostasien, dann wieder Schulzeit in Amerika und danach Aufenthalt in Japan. Aber das führt hier nur zu Frustration und zur Entfremdung von allem Bisherigen, auch von den jüdischen Wurzeln, die schon sein Vater hinter sich gelassen hat. Nein, er sucht sich nicht nur eine Heimat, sondern auch eine neue Sprache! Oder man könnte sagen: Sie kommt, trotz aller in der japanischen Gesellschaft offen oder verborgen wirkenden Widerstände, fast wie ein Erleuchtung über ihn. Der, wie es scheint, zu einer in allen Situationen angepassten, globalisierten Existenz Prädestinierte oder Verdammte lässt als Siebzehnjähriger alles hinter sich zurück und schlägt, weil ihm dies bis dahin nirgends vergönnt war, Wurzeln in einer neuen Welt. Man stelle sich das vor: Ein Bürger der USA von weißer Hautfarbe und mittelständischer Herkunft will nichts mehr von seinem Land und vom Englischen, diesem vermeintlichen Garanten der Weltläufigkeit, wissen; stattdessen taucht er ab in eine Sprache und Umgebung, die Vielen im Westen immer noch als der Inbegriff des Obskuren und Unverständlichen gilt – der Film mit dem inzwischen geradezu sprichwörtlich gewordenen Titel ‚Lost in Translation‘ lässt grüßen. Was für eine Provokation gegenüber sämtlichen Globalisierungs-Ideologen! Das ist wahrhaftig ein Fall, der uns zu denken geben sollte. Umso mehr als wir es nicht nur mit einer literarischen Fiktion zu tun haben. Ben ist das Alter Ego des Autors, und selbst wenn sich in der Darstellung Selbststilisierungen und autofiktive Elemente finden sollten, so ist doch der vorliegende Text wirklich aus dem Original des real existierenden, etwa vom 35. Altersjahr an japanisch schreibenden Levy Hideo übertragen.

Der Mensch ist weder emotional noch geistig so weit, dass er auf ein Zuhause, auf eine Basis der Identifikation, auf Verwurzelung – geographisch, sprachlich, kulturell – ganz verzichten könnte. Glücklich ist derjenige, dem sie im Verlauf der Kindheit auf natürliche Weise zufällt. Derjenige aber, dem sie vorenthalten wird, wird unter Umständen an diesem Defizit ein Leben lang zu tragen haben, oder er wird sie sich in seltenen Fällen noch als Jugendlicher aus eigener Kraft suchen und gegen Widerstände erkämpfen. Das ist es, was uns Levys Roman doch wohl vor Augen führen will.

Gewiss, es handelt sich bei Bens Aufbruch um eine Momentaufnahme. Wenn der Suchende einmal angekommen ist, wird er von da aus auch wieder weitergehen. Er wird sich der Welt in ganz anderer Weise wieder öffnen – so wie sich der Autor selber zunächst zum bedeutenden Vermittler und Übersetzer (vor allem von Teilen der riesigen klassischen Gedichtsammlung *Manyôshû*) und schließlich zum Schriftsteller entwickelt hat.

Levy hat in den vergangenen zwanzig Jahren ein beachtliches Oeuvre als Erzähler, Essayist und Kritiker vorgelegt sowie mehrere Preise und Auszeichnungen erhalten. Er bewegt sich bevorzugt zwischen Japan und China, zwischen Japan und den USA hin und her, mit einer Perspektive, die zwar Japan zum Ausgangspunkt nimmt, aber aufgrund seines Werdegangs dieser Perspektive neue Elemente hinzufügt. So hat er z. B. in *Chiji ni kudakete* (In tausend Stücke zerbrochen, 2005) die Terroranschläge vom 11. September 2001 aufgegriffen. *Kari no mizu* (Vorläufiges / Fragwürdiges Wasser, 2008) befasst sich mit dem ländlichen China. Und *Tairiku e* (Zum Festland hin, 2012) zielt sowohl auf den nordamerikanischen Kontinent wie auf das chinesische beziehungsweise asiatische Festland. Immer aber bleibt er beim Japanischen als seinem sprachlichen Medium, so wie er Tōkyō fraglos als seinen Lebensmittelpunkt betrachtet.

Den japanischen Namen Hideo trägt er übrigens seit seiner Geburt. Der Vater hat ihn Ian Hideo genannt in Erinnerung an einen Freund, der als Japaner während des Zweiten Weltkriegs lange Jahre in einem amerikanischen Internierungscamp verbringen musste. Und heute legt er ausdrücklich Wert darauf, dass sein Name nicht in der westlichen, sondern in der japanischen Reihenfolge Familienname – Persönlicher Name geschrieben wird: also Levy Hideo, und nicht etwa umgekehrt.

Glossar

Ajinomoto – japanisches Nahrungsmittelunternehmen, auch synonym für Glutamat, das bekannteste Produkt der Firma

Akatan! – Ausruf beim traditionellen Kartenspiel *Hanafuda*, wenn ein Spieler drei bestimmte Karten hat

Amida-Buddha – Buddha des Unermesslichen Lichtglanzes

Atami-Onsen – in der Präfektur Shizuoka gelegene Stadt, die für ihre Thermalquellen bekannt ist

Bauch aufschlitzen – »Seppuku«, rituelle Selbstmordtechnik von Samurai zur Wiederherstellung der verlorenen Ehre, bei der sich jemand den Bauch aufschlitzt

Bizen-Keramik – eher rustikal anmutende Keramik aus der Stadt Bizen in der Präfektur Okayama

Dejima – künstliche Insel in der Bucht von Nagasaki, die in der Edo-Zeit Sitz einer Niederlassung der Niederländischen Ostindien-Kompanie und einziger Ort für einen Kontakt zwischen Japan und Europa war

Gebt Okinawa zurück! – Okinawa und die umliegenden Inselgruppen wurden 1945 von den Amerikanern besetzt und kamen erst am 15. Mai 1972 wieder unter japanische Verwaltung

Golden Gai – ein nur sechs Gässchen umfassendes Gebiet in Shinjuku, das bekannt für seine Bars und beliebt bei Künstlern, Stars und Sternchen ist

Edo-Zeit – 1603 bis 1868, Herrschaftszeit der Tokugawa-Shōgune, die ab Mitte des 17. Jahrhunderts eine Isolation Japans befahlen; Zeit des Friedens sowie einer wirtschaftlichen und kulturellen Blüte

Hayashi-Reis – jap. *hayashi raisu* (aus dem Engl. hashed beef with rice); Reis mit brauner Soße mit Rindfleisch und Zwiebeln; ein beliebtes Gericht nach westlicher Art
Heiwa – jap.; Friede
Hiragana – eines der beiden japanischen Silbenschriftalphabete (neben Katakana)

Irasshaimase! – Grußformel, die das Personal gegenüber Kundschaft verwendet, die ein Lokal oder ein Geschäft betritt

Kabukichō – Viertel im Stadtteil Shinjuku, vor allem bekannt als Amüsierviertel mit (Rotlicht-)Bars, Nachtclubs, Theatern, Restaurants und Spielhallen
Kannon-Bosatsu – Bodhisattva der Barmherzigkeit
Kantō-Erdbeben – verheerendes Erdbeben im Jahr 1923 in der Kantō-Ebene mit nachfolgenden Großbränden, das Yokohama und große Teile von Tōkyō verwüstete und bei dem über 140 000 Personen ums Leben kamen

Kawabata Yasunari – japanischer Schriftsteller (1899–
1972, Selbstmord), Literaturnobelpreisträger 1968,
Mentor von Mishima Yukio

Kendō – japanische Kampfsportart mit Bambusschwer-
tern

Kimono – traditionelles Kleidungsstück

Koizumi Yakumo – Eigentlich Patricio Lafcadio Tessima
Carlos Hearn (1850–1904), Schriftsteller irisch-grie-
chischer Abstammung. Er lebte ab 1890 in Japan,
nahm nach der Hochzeit mit seiner japanischen Frau
den Namen Koizumi Yakumo an und prägte durch
seine Werke das westliche Japanbild um die vorletzte
Jahrhundertwende.

kokusai – jap.; international

-kun – eher informelles Namensuffix für männliche
Namen

Kutani-Porzellan – zumeist aufwändig und farbenfroh
bemaltes Porzellan aus dem Weiler Kutani in der Präfektur Ishikawa

Long Peace – Populärname der ab 1965 gehandelten 20er
Packung der Zigarettenmarke Peace

Meiji – japanischer Nahrungsmittelfabrikant, vornehmlich Süßigkeiten und Milchprodukte

Meiji-Zeit – Regierungszeit des Kaisers Mutsuhito
(1868–1912)

Mishima Yukio – Japanischer Schriftsteller und natio-
nalistischer Politaktivist (1925–1970), Vertreter der
japanischen Nachkriegsliteratur. Am 25. November

1970 nahm er zusammen mit vier Anhängern den diensthabenden Kommandanten der Selbstverteidigungsstreitkräfte als Geisel und rief die Armee zur Besetzung des Parlaments sowie einer Wiedereinsetzung des Kaisers auf. Er beging rituellen Selbstmord, als der Aufruf keine Wirkung zeigte.

Motomachi – Stadtteil von Yokohama

Münzen mit einem Loch – japanische Münzen zu 5 und 50 Yen haben ein Loch in der Mitte

naka – jap.; Mitte

namae – jap.; Name

Naron – ein Schmerzmittel

natsu – jap.; Sommer

Natsume Sōseki – eigentlich Natsume Kinnosuke, japanischer Schriftsteller (1867–1916), wohl bedeutendster Autor der Meiji-Zeit

Netsuke – Schnitzfiguren aus Elfenbein oder Wurzelholz, die zur Befestigung von Gegenständen am Kimono dienten, heute beliebte Sammlerstücke

Noritake – bedeutender Porzellanhersteller für den gehobenen Bedarf

Pachinko – Spielautomat, bei dem kleine Metallkugeln senkrecht durch ein Labyrinth fallen, was der Spieler durch einen Hebel zu beeinflussen versucht. Wenn Kugeln dabei in bestimmte Löcher fallen, werden weitere Kugeln ausgeschüttet; oft befinden sich Hunderte solcher Geräte in einem Spielsalon, der Lärmpegel ist ohrenbetäubend.

Qing-Dynastie – ab Mitte des 17. Jahrhunderts über das Kaiserreich China herrschende Dynastie, die mit dem Ausrufen der Republik am 1. Januar 1912 endet

-san – eher formelleres Namenssuffix

Schlacht um Iwōjima – Die gut 1 200 Kilometer südlich von Tōkyō gelegene Insel Iwōjima war im Zweiten Weltkrieg für Japaner und Amerikaner von großer strategischer Bedeutung. Die Schlacht um Iwōjima ab dem 19. Februar 1945 mit vorausgehender zweitägiger Bombardierung war eine der blutigsten Schlachten im Pazifik.

Schwarze Schiffe – jap. *kurofune*, Bezeichnung für westliche Schiffe, insbesondere die von Commodore Matthew Perry, mit denen die Shōgunatsregierung zu einem Friedens- und Freundschaftsvertrag gezwungen wurde, was das Ende der Edo-Zeit einläutete

Shinjuku – bedeutender Stadtbezirk von Tōkyō

Shōwa – Regierungszeit des Kaisers Hirohito (1926–1989)

Shōwa-Restauration – Bewegung zu Beginn der Shōwa-Zeit, um liberalen, demokratischen Tendenzen entgegenzuwirken und die alleinige Macht Kaiser Hirohito zukommen zu lassen. Derartige Forderungen wurden dann wieder ab Mitte der 1960er Jahre von rechtsextremen Studentenverbänden gestellt.

Sicherheitsvertrag – jap. *anpo* (Kurzform von anzenhoshō). Am 19. Januar 1960 in Washington unterzeichneter Vertrag über gegenseitige Kooperation und Sicherheit zwischen Japan und den USA. Im Gegensatz zu einem Vorläufervertrag war die Laufzeit auf zehn Jahre begrenzt, der Vertrag wurde 1970 verlängert, in den 60er und 70er Jahren des 20. Jahrhunderts kam es zu vehementen Studentenprotesten gegen den Vertrag.

Tabi – Socken mit abgeteiltem großem Zeh, Bauarbeiter oder Bauern tragen oft dunkle Tabi mit Gummisohle

Tanizaki Jun'ichirō – japanischer Schriftsteller (1886–1965)

Tatami – Ca. 5 cm dicke Reisstrohmatte mit Bezug aus Binsengeflecht als Fußbodenbelag, die Größe ist regional verschieden. In Tōkyō 88 x 176 cm, Raumgrößen werden üblicherweise in der Anzahl der benötigten Tatami angegeben.

Tempura – frittiertes Gemüse, Fisch und Meeresfrüchte in Ausbackteig

Tōyoko-Linie – private Bahnlinie, die Tōkyō und Yokohama verbindet

Wakaba – Zigarettenmarke

Yamate-Viertel – Stadtviertel in Yokohama

Yakiniku – japanisches Gericht, am Tisch gegrilltes Fleisch mit Beilagen

Yen – japanische Währung

Yoyogi-Gruppe/Anti-Yoyogi-Gruppe – abgespaltene Gruppen des Zengakuren; die Yoyogi-Gruppe bezog Stellung für die Japanische Kommunistische Partei, die Anti-Yoyogi-Gruppe gegen sie

Zengakuren – Abkürzung von *Zennihon gakusei jichikai sōrengō* (Alljapanischer Allgemeiner Verband der studentischen Selbstverwaltungen). Die Aktivitäten der 1948 gegründeten linksradikalen studentischen Dachorganisation wurden während der ersten Jahre von der Japanischen Kommunistischen Partei kontrolliert. Am 1. Juni 1958 findet die 11. Generalversammlung der Organisation im Hauptquartier der Japanischen Kommunistischen Partei in Yoyogi statt, wegen eines Disputs über die Partei kommt es zur Spaltung der Organisation in verschiedene Gruppen.

Die japan edition im be.bra verlag

Mori Ogai	Kojima Nobuo	Natsume Soseki
Das Ballettmädchen	**Fremde Familie**	**Sanshiros Wege**

ISBN 978-3-86124-910-8
112 S., 16,95 € [D]

ISBN 978-3-86124-905-4
256 S., 22,00 € [D]

ISBN 978-3-86124-908-5
272 S., 24,90 € [D]

Ein junger Japaner kommt 1888 zum Studium nach Berlin und verliebt sich in eine Balletttänzerin, doch sein altes Leben holt ihn ein. Im Konflikt zwischen seiner Liebe und seiner Vernunft muss er eine Entscheidung fällen ...

»Wie Mori Ogai zuletzt Wahnsinn und Tod ineinander zu verweben weiß, macht seine Erzählung wie wenige andere zur regelrechten Offenbarung.«
Frankfurter Allgemeine Zeitung

Meisterhaft, mit subtilem Humor und rückhaltloser Selbstentblößung schildert dieser Roman den Zerfall einer Familie und die Reaktionen der japanischen Nachkriegsgesellschaft auf die Einflüsse aus dem westlichen Ausland.

»Fremdheit, Abhängigkeit gehen mit Begehrlichkeit, ja auch Liebe eine irritierende Umarmung ein.«
Neue Zürcher Zeitung

Sanshiro kommt aus der Provinz nach Tokio zum Studium. Schnell nimmt ihn die moderne Großstadt zu Beginn des 20. Jahrhunderts gefangen und er lernt eine spannende Welt voller revolutionärer Gedanken, interessanter Freunde und aufregender Frauen kennen.

Ein »japanischer Parzival«
Neue Zürcher Zeitung

»Soseki ist so bedeutend wie Shakespeare und beliebt wie Dickens.«
The Japan Times

Mori Ogai (1862–1922) zählt zu den bekanntesten Schriftstellern Japans. Er übersetzte u. a. Goethes »Faust« sowie Werke von Lessing, Kleist, Rilke E.T.A. Hoffmann und Schiller ins Japanische.

Kojima Nobuo (1915–2006) ist einer der bekanntesten japanischen Autoren der Nachkriegsliteratur. Seine literarische Karriere begann 1954 mit einer preisgekrönten Erzählung. Außerdem übersetzte er etliche Werke US-amerikanischer Autoren ins Japanische.

Natsume Soseki (1867–1916) war einer der berühmtesten japanischen Autoren seiner Zeit. Als Experte für Englische Literatur lehrte er u. a. an der Tokioter Universität. Sein Roman »Das Graskissen-Buch« gilt als Schlüsselwerk der japanischen Moderne.